KB074844

푸른 등의 사람

한없이 푸르렀던 청이와

나의 등뼈였던 산이를 기리며

고등어의 푸른 등을 좋아해

구워 놓으면 등의 살만 까만데

그게 그렇게 맛있을 수가 없어

밥상에 고등어가 올라오는 날에는

꼭 그 검푸른 부분만 골라 입에 넣어

배를 가르고 종양 덩어리를 꺼냈던 그 날을 기억해

사랑하는 모두와 안녕을 나누고

마지막을 맞이할 수 있어 아름답다고 생각했지만

나 사실은 살고 싶었다

등이 푸르지 않은 고등어는 맛이 있을까

그날이 지난 지 5년이 넘었대

나는 살았다

살았는데

소원대로 살았는데 왠지 기쁘지 않아서

내 등이 푸르면 좋겠다는 생각을 했어

목차

제 1 장

삶을 산다는 착각

무던한 색으로 살아가며

        예수는 사흘 만에 부활했다. 지렁이는 몸의 반이 잘려도 살아남고, 시스투스는 자기의 몸을 불태워 씨를 낳고 꽃을 피운다. '부활'은 믿기 힘든 차원의 초월을 담는다. 개체의 복원은 곧 개념의 복원이며, 굳은 신념은 시공간을 초월한다. 부활의 개념은 멀게 느껴지지만 행태는 가까이에서 관찰된다. 형태가 사그라지고 본질이 남는다. 당신과 내 사랑이 쓰인 페이지들이 그렇고, 슬픔을 담아 누군가를 보냈던 계절의 바람도 그러하다. 비는 다시 바닷물이 되고, 수증기는 다시 구름이 되어 비로 내린다.

        병원에 갈 때마다 새삼 내 존재를 각인한다. 배를 가르고 장기를 빼고도 살아남은 몸뚱어리. 큰일을 겪으면 달라질 거라 했지만 전과 같은 나의 정신. 그럼에도 배에 분명히 남아 있는 흉터. 장기가

하나 없어도, 남들과 똑같이 작동하는 내 몸. 생과
사의 중간 회색 지대에 나는 존재한다. 나는 부활에
가까운 사람이다.

　　　이유 없는 삶은 없다고 했다. 삶이 두 번이나
주어졌을 때는 어떠한가. 내가 세상에 존재해야만
하는 필연적인 이유 없이 가능한 일일까. 그렇다 보니
삶 자체가 위로여야 한다는 강박에 시달리지만,
아픔을 겪으며 배배 꼬이고 응집된 마음은 내 정신을
지배한다.

　　　이유 있는 삶이라 자신을 위로하지만, 실은
이유를 찾지 못하는 하루가 일 년의 반 이상을 차지하
는 자기 연민의 삶. 사랑하는 모든 것들을 떠나보내는
배웅의 마음. 보는 것만으로 지난날의 아픔을 상기하
는 흉터. 한 발짝 앞으로 갈 수 있을 것 같을 때 절대
길을 내주지 않는 일들. '필요시 복용'이라는 문구가
무색할 정도로 필요한 나날이 많은 약봉지들. 천국과
지옥의 문고리를 동시에 보지만, 나는 지옥의 문고리

를 조금 더 세게 쥔다.

그럼에도 나는 멸(滅)보다 생(生)에 가깝다. 그럼에도 누군가는 나를 부러워하고 그럼에도 누군가는 나를 용기 있다 칭찬한다. 그럼에도, 누군가는 나에게 밥을 먹자고 말하고, 그럼에도, 누군가는 나의 안부를 살뜰히 챙긴다. 그래서 나는 지옥의 문고리를 잡고도 그 문을 열지 않는다. 살아간다.

사연 없는 사람이 없다. 누군가는 어릴 적 물놀이를 하다 귀신이 될 뻔했다고 하고, 누군가는 아슬아슬하게 교통사고에서 살아남았다고도 한다. 하루에도 셀 수 없이 많은 사람이 끝을 비껴가고, 끝에서 살아남는다. '부활'한다. 차원을 초월한 일들이 일어난다. 살아간다.

자기반성과 자아 성찰을 적어 내려간다. 나는 그렇게 잘난 존재도 아니거니와 그렇게 불쌍한 존재도 아니다. 그리 동정받을 대상도 아니며 그리 칭찬받을 사람도 아니다. 그저 누구는 하얀빛과

가깝고, 누구는 어둠으로 향했다면, 나는 조금 일찍 회색을 띠는 것뿐이겠다. 그뿐이다. 거창한 위로나 칭찬이 없어도 괜찮다. 그대로 덤덤하게, 무던한 색으로, 오늘도 살아갈 뿐이다.

아침

그날 아침의 일을 이야기하자면, 그 전날 밤의 서사를 서술하지 않고서는 할 수 없다. 결혼을 결심했던 남자인 Y의 퇴근 시간까지는 꽤 남았었고, 가족들의 울음이 듣기 싫어 모두를 내보냈던 병실에서 나는 간호사에게 얻은 종이와 펜으로 가지런히 글을 썼다. 글씨가 정갈한 편이 아니어서, 혹시 의미가 잘못 전달되진 않을까 하는 마음에 자음에 더 힘을 주어 펜을 눌렀다.

보험은 모두 남동생 앞으로 바꾸어 놓았으니, 수령은 어렵지 않을 것. Y가 나를 옆에서 지킨 시간이 있으니, 일부는 감사의 명목으로 나누었으면. 모두 내가 사랑하는 걸 잊지 말고, 내가 없어지더라도 무너지지 않았으면 좋겠다. 나 대신 고양이들을 잘 돌보아 주도

록.

쓸 말이 많을 줄 알았는데. 혹여 닥쳐올 죽음 앞에 서니, 말문이 막혔다. 얼마 안 되는 돈이야 금방 없어질 테니, 결국 떠나는 자가 남길 수 있는 건 아픈 추억 따위일 뿐이었다. 그래도 자의적이지 않았던 내 죽음에 가족들이 아파하지 않았으면 했다. 특히나 나의 소식을 듣고 놀라 위경련으로 응급실까지 실려 갔던 마음 착한 내 동생이 삶에 낙담하지 않았으면 했다.

종이를 두 번 곱게 접어 가져왔던 장지갑 안에 넣었다. Y가 퇴근하며 가족들과 함께 들이닥쳤다. 나는 동생에게 혹시 내가 내일 일어나지 못하면, 지갑 안에 편지를 읽으라고 가르쳐줬다. 사람 몸이 서 있는 채로 그렇게 뻣뻣하게 경직되는 걸 나는 그날 동생을 통해 처음 봤다. 자꾸만 눈에 물이 고이는 이복 오빠에게 미소를 날리고 나는 괜찮노라 아버지의 손을 잡았다. 슬픔을 감당할 자신이 없어 곁에 쉬이 다가오지 못하는 어머니의 얼굴은 차마 오래 바라보지 못했다.

그리고 수술 전 관장을 핑계로 다시 모두를 돌려보냈다.

몸에서 평생의 것이 쏟아져 나오는 것 같았다. 그렇게 나는 속을 비웠고, 당직이었던 레지던트가 쏟아 낸 마지막 찌꺼기를 확인하고 나서야 쉼이 주어졌다. 잠이 올 리가 없었다. 나는 Y에게 걷고 싶다고 말했다. 살아나더라도, 두 발로 멀쩡히 총총거리며 돌아다닐 수 있는 게 마지막일 수도 있다는 걸 알고 있었다.

병동 복도부터 병원 로비를 거쳐 지하까지 산책하다, 기도실을 발견했다. 그냥 들어가야 할 것 같다는 생각이 들었다. 나를 위한 기도보다도 불쌍한 내 어머니를 위해 기도해야겠다고 생각했다. 무릎을 꿇고 앉았다. 눈을 감자마자 나는 무너졌다. 두려움이었을까. 아니면 마지막 커튼콜의 감명이었을까. 나는 아직도 그 감정을 이해하지 못한다. 병실로 돌아오니 창밖에는 동이 트고 있었다. 나는 그렇게 아침을 맞았다.

잠깐이나 눈을 붙였을까. 소란도 그런 소란이 없었다. 간호사들이며 레지던트들이 와 내 침대를 들썩였고, 온갖 종류의 서류를 읊었고, 가족들은 각자 저마다의 감정을 토해내고 있었고, 나는 멍하니 그저 핏줄을 내보이고 있었다. 수술실까지 걸어가겠노라 말했고, 그제야 침대를 옮기러 들어왔던 간호사들이 물러갔다. 엄마와 담당 레지던트와 삼 층에 도달하고, 수술실 문 앞에서 엄마를 안았다. "잘하고 올게." 그렇게 말했다. 실은, 아주 깊은 곳에서는, 완벽히 준비한 죽음 앞에서 모든 게 끝났으면 했다. 가족들에게는 미안하지만, 나에게는 완벽한 해피 엔딩이었다. 사랑하는 사람과 사랑하는 가족들과 함께였고, 기를 쓰고 산 삶에는 지쳐 미련이 없었다. 차가웠던 수술실 테이블을 기억한다. 마취과 교수님이 들어와 호흡기를 달아줄 때 나는 말했다. "깨지 않게 재워주세요."

배가 찢어지는 고통을 상상해 본 적 있는가.

그 고통은 너무도 강력하고 폭력적이어서, 몸의 세포 하나하나가 다 터져나가는 것 같았다. 차라리 나를 죽여주세요. 내가 왜 살아있나요. 말하고 싶은데, 얼굴에 대롱대롱 달린 산소 호흡기가 그 말조차 외치지 못하게 했다. 내 앞에는 나이 지긋한 할아버지가 계셨다. 모르핀에 취한 그 정신에도 나는 또렷이 기억한다. 할아버지는 살고 싶지 않아 했다. 약을 주려는 간호사의 손을 매번, 있는 힘껏 때렸다. 나도 저럴 테지. 아직 손을 움직이지 못하지만 곧 나도 저럴 테지. 그걸 보고 있는 게 너무 괴로웠다.

여기까지가 그날 아침부터 중환자실에서 까지의 기억이다. 약에 취해있어 며칠이 흘렀는지는 정확하게 알지 못하지만, 들은 바로는 일주일이 조금 안 되는 시간이었다고 했다. 그다음에는 일반 병실로 옮겨졌는데, 마약성 진통제의 용량을 많이 줄였음에도 나는 퇴원할 때까지의 기억이 별로 없다. 그저 퇴원을 해보니 나는 신장이 하나 없었고, 건강보험공단에 희귀병 환자로 분리되어 있었으며, 성기 위부터 가슴 밑까지를 가로지르는 흉터가 생겼다.

　　　기적이라는 소리를 많이 들었다. 무슨 기적
이 이렇게 거지 같은가. 나는 요즘도 수술한 여름철이
되면 배가 아프고, 감기에 걸려도 투약 제한에 먹을
수 있는 약이 많이 없고, 금세 체력이 바닥나고, 배의
흉터가 미워 운다. "오늘도 살았다." 아침에 눈을 뜨면
이 말이 제일 먼저 나온다. 작은 탄식으로 하루를 시
작한다. 그렇게 시작한 하루 속에서도 의외의 때에 기
쁨을 마주하기도 한다.

　　　장황하게 나의 투병 경험을 늘어놓는 이유는
두 가지다. 그럼에도 불구하고 나는 살고 있다는 자기
확신이 흔들릴 때쯤 들여다볼 글이 필요하다. 또
하나는, 지금이 밑바닥이 아닐 수도 있다는 걸
알려주고 싶어서다. 더 어둡고 더 깊은 나락이 당신의
시간 앞에서 기다리고 있을 수도 있다. 그럼에도
하루는 다시 시작되고, 그럼에도, 하루 중에는 웃을

일이 생긴다. 이 말이 하고 싶었다. 어떤 하루를
보내고 있건 웃을 일도 생긴다고.

견딜 수 없는

산이의 어미는 번식장 구조묘였다. 몸무게 미달로 품종묘 딱지를 달지 못하고 버려질 상황에 구조가 되었단다. 상처가 많을 텐데, 사람에 대한 경계심 없이 맹한 얼굴로 구조자 집 거실 한복판에 드러누워 있는 게 취미였다. 산이는, 그런 엄마를 많이 닮았었다. 턱시도를 예쁘게 입은 흰 수염의 고양이. 낯선 사람도 좋아하는 이상한 고양이. 꼭 머리맡에서 사람과 함께 자고, 온 집안이 편한 듯 배를 발라당 까뒤집던 나의 고양이.

집에 온 첫날부터, 산이는 본인의 어미를 잊은 듯 나를 어미로 삼고 한시도 떨어지려 하지 않았다. 내가 외출할 때면 현관문 앞에서 하염없이 기다리는 산이를 보며 사람들은 세기의 사랑이라 했다. 온몸과 마음으로 사랑하는 모습이 나와 닮아서, 유달리 정이

가던 녀석이었다. 나를 먼저 어미 삼으니, 자연스레 자식 삼게 된 녀석이었다.

생물학적 어미만 닮으면 좋았을걸. 사랑하는 모습은 나를 닮아 기다리는 날이 많았을 걸 생각하니 가슴이 아프다. 내가 만 스물일곱이 되고, 산이가 만 두 살이 조금 넘어가던 해, 나는 복막에 기생한 종양이 신장으로 퍼지며 한쪽 신장을 적출하는 대수술을 했다. 죽음 앞에서 돌아온 나를 보고 사람들은 기적이라 했다.

오랜 입원 기간 후 집에 돌아왔을 때, 산이가 이상해 들린 병원에서는, 산이의 한쪽 신장이 완전히 섬유화가 되었다고 했다. 얼마 살지 못할 거라 했다. 똑같은 자리. 똑같이 잃은 장기. 나는 내가 아팠을 때보다 더 많이 울었다. 어미는 기적이라는데. 어미가 기적이면 뭐 하는데. 자식에게는 시한부의 삶이 주어졌다. 바보 같은 고양이는 나를 너무 어중간히 닮았다.

내 병의 원인은 유전적인 게 크다고 했다. 오

랜 경력의 의사조차 진단과 치료가 어려운 병. 희귀한 병에는 모르는 이름이 붙어 진단서가 나왔다. '후복막의 행동양식 불명 혹은 미상의 신생물.' 양성도 악성도 아닌 세로 20센티미터의 거대한 종양 덩어리는 주체가 되지 못하고 무지(無知)의 이름을 빌려 썼다.

　　모든 게 싫었다. 약에 취해 제대로 기억나지 않는 병원 생활에서 가장 도드라진 감정은 증오였다. 이름도 제대로 붙이지 못하는 희귀병이 역겨웠다. 나를 낳은 내 부모가 미웠다. 이십 대에 배를 가르게 하는 유전자를 주면 어떡하냐고. 살 날이 많은데, 벌써부터 장기가 하나 없으면 어떡하냐고. 그들의 가슴을 치고 오열하고 싶었지만, 산소 호흡기에 의지해 겨우 숨만 쉬는 내가 할 수 있는 건 흐르는 눈물이 귀로 들어가지 않도록 고개를 기울이는 것뿐이었다.

　　퇴원 후 재활에 집중하며 몸은 점점 나아졌다. 흉터는 남았지만, 언제 그랬냐는 듯 다시 밥을 먹고, 잠을 자고, 산책을 했다. 내 몸이 점점

괜찮아질수록 산이는 먹는 약이 많아졌다. 음수량이
충분히 채워지지 않는 날에만 꽂았던 피하 수액의
바늘은 하루에도 서너 번씩 그 작은 몸으로 들어갔다.
아플 텐데. 싫을 텐데. 기분이 많이 안 좋은 날에만 '냥'
한 마디 뱉는 게 산이의 신경질의 전부였다. 부모를
원망했던 나와는 다르게 너무나도 성숙한 모습으로
병과 싸웠다. 삼 개월을 받았던 산이는 그렇게 삼
년을 더 함께했다.

          산이를 보며 내 부모를 용서했다. 내 병을
용서하고 나에게 병을 준 알 수 없는 우주의 섭리를
받아들였다. 그래. 억울하지만 일어난 일이다. 폭풍이
와도 고상해야지. 화를 낸다고 달라질 수 있는 일이
아니라면 삼켜야지. 그리고 웃어야지. 미소를
띠어야지. 억지스러운 마음가짐도 버릇이 되겠지.
그렇게 오늘도 견디어 내는 중이다.

살았고 살고 있다

      죽는 것들과 태어나는 것들에 대해 생각한다. 생전 입맛에 당기지 않는 치킨이 먹고 싶었고, 오래간만에 마주한 토막 난 동물의 조각들이 불쾌했지만, 이내 입안에는 침이 고였다. 게걸스럽게 먹고 발골한 뼈들을 비닐봉지에 담아 쓰레기통에 버리고는 트림하며 울었다. 잘 먹었습니다. 오늘도 일용할 양식을 주셔서 감사합니다.

      아침에는 달걀 두 개를 삶아 먹었다. 전 세계 인구가 이와 같은 일을 매일 반복하면 너희 종을 몰살시킬 수 있을까. 아마도 아니겠지. 괜히 미안하다는, 다소 산만한 생각을 하면서 껍질을 까고 성체가 될 꿈도 꾸지 못한 말랑한 구체를 삼켰다. 빡빡한 일정에 자꾸만 헤집어지는 몸. 어지럼증이 도져 연락한 병원에서는 단백질과 철분을 가까이하라고 했다. 살려면

먹어야 하고, 내가 먹으려면 무언가는 죽어야 한다.

삶이라는 고리가 유한한 것 같으면서도 무한하다. 죽음이 누군가에게는 살아갈 양분이 되고, 또 그의 분변은 또 어떤 것의 영양분이 된다. '산다'라는 것에 많은 의미를 부여하지만, 사는 건 사실 단순한 반복의 연속이다. 먹고, 자고, 싸는 것. 그리고 그 행동이 종을 막론하고 순환하며 진행되는 것. 원시적으로 접근하면 아주 간단한 정의에 우리는 너무 복잡한 것을 많이 담으려 노력하는지도 모르겠다.

지인과 행복에 관해 이야기했다. 목표를 설정하고 그것이 이루어지지 않으면 불안하다는 그녀의 말에 상당 부분 동조했지만, 그녀도 나도 우리가 왜 이렇게 열심히 살아야 하는지를 결론 내지 못했다.

왜 사는지 모르겠다면서도 나는 커피 한잔이 행복했다. 시럽을 과하게 넣어 달고 쓴 따뜻한 커피와 영상으로 올라온 날씨에 빼꼼히 비추는 햇살까지. 겨울의 마지막이 오고 있는 걸지도 모르겠다. 봄이 오면 희망을 노래하는 사람들도 늘어나겠지.

초를 켜고 다리를 꽜다. 오랜만에 명상을 할 생각이다. 모든 것이 안에 있고, 안에 있는 모든 것들은 밖에도 있다. 마음과 생각은 마치 우주와 같아서 광활하여지고자 하면 끝도 없이 광활해지다가도 좁아지고자 하면 한없이 좁아진다. 우물 안 개구리. 퇴출당한 명왕성. 우리나라로 떨어질 뻔했다는 수명이 다한 위성. 코끝을 간지럽히는 고양이의 털. 고양이. 먼저 보낸 나의 고양이. 내 옆에 있는 나의 고양이.

내면은 모든 것의 시작이다. 누구는 마음가짐에 따라 인상이 바뀐다고 했다. 거울을 본다. 새삼 나이 먹은 내 모습이 낯설게 느껴진다. 괜히 얼굴이 쳐진 것 같기도 하고, 목에 주름이 생긴 것 같기도 하다. 엄마. 닮았다, 우리. 내가 다섯 살쯤, 엄마도 이런 모습이었겠지. 많이 어렸고, 많이 나이를 먹었구나.

돌고 도는 삶이겠다. 그렇다면 불행과 행복 또한 마찬가지다. 행복한 날이 있으면 그렇지 못한 날도 있고, 웃는 날이 있으면 그렇지 않은 날도 있는 것이다. 모두가 의미를 쫓아 하루를 살아가지만, 정말 산다는 건 별것이면서도 별것이 아니다.

　　　이불을 얼굴 끝까지 덮고 깊게 숨을 내쉰다. 살아내었다. 살았다. 살고 있다. 죽음을 향해 달려간다. 모두, 같은 말이다. 그리고 오늘도, 역설적으로, 나의 폐와 심장은 끊임없이 호흡과 순환을 반복한다.

눈물점

쿵쾅거리는 심장 소리가 거슬려 잠이 오지 않았다. 이 자연스러운 자율신경계의 반응은 시간에 걸쳐 불안과 불면을 가져왔다. 이 소리가 멈추면 어떡하지. 점점 더 커지는 것 같은데. 아닌가. 점점 더 작아지는 건가. 이러다 심장이 터지나. 아니면 멈추나. 숨을 쉴 수 없어. 숨을 쉴 수 없어. 생각은 이내 몸을 지배하고, 막히는 숨에 수 번이고 헐떡여야 했다. 십대에 처음 찾아온 공황장애 증상은 매일 밤 나를 공포에 가두었다.

당시만 해도 공황장애라는 병의 인식이 사회에 만연하지 않았다. 힘을 못 쓰고 축 늘어져 있거나 갑자기 쓰러지거나 호흡 곤란이 오는 딸을 데리고 어머니는 종종 응급실 문을 두드렸다. 근무하던 의사나 간호사들은 매번 타일을 따라 걸어보라고 했다. "똑바로 걸으실 수 있네요." "이상 없어요."라는 말로 나를 돌려보냈다.

MRI로 뇌를 찍어보기도 하고, 여러 번의 심전도 검사도 했지만, 이상은 없었다. 이상이 없다는 말에 증상은 더 심해졌다. 한낱 꾀병이 되어버린 주기적 공포는 나를 짓눌렀다. 학교에서 조퇴하는 날이 늘었다. 사람이 없는 조용한 곳에서 내 몸이 아닌 무언가에 집중하고 있으면 증상이 훨씬 덜해서, 그럴 때마다 학교를 빠지고 집에서 어떤 것이든 노트에 베껴 썼다. 증상의 원인이 학업 스트레스인 줄만 알았다. 옆집 아줌마는 말했다. 바다 건너 나라에 가면, 학교에서 공부 말고도 많은 걸 배울 수 있다고. 교내에 잔디밭과 수영장이 딸려 있던 학교가 목표가 되고, 공부에 매진했다.

유학을 가고 나서야 내가 공황장애가 있다는 걸 알았다. 나와 맞는 약을 찾기까지는 몇 번의 시행착오가 있었지만, 결국에는 일상생활을 정상적으로 할 수 있게 되었다. 일주일에 한 번씩 받는 상담 치료도 꽤 도움이 되었던 것 같다. 의사는 내 뇌가 다른 사람들보다 상대적으로 세로토닌 분비를 적게 하는 걸 수도 있다고 했다. 그냥 유전적으로 그런 사람들이 있다고, 아마 그래서 증세가 어린 나이에 발현한 걸 거라고 설명해 줬다.

거창한 위로로 포장했지만 나에게 공황장애는 말 그대로 '장애'다. 나을 수 없고 평생을 함께해야 하는 내 불치병 친구. 사랑하고 싶어도 사랑할 수 없는 나의 부분. 눈 밑에 나버린 눈물점 같은, 거슬리지만 가지고 가야 하는 티끌.

부끄럽지는 않다. 병은 내 탓이 아니고, 그저 그런 것뿐이니. 그래도 어제와 같은 상황은 조금 곤란하다. 오랜만에 가진 친구와의 술자리. 알게 된 지 얼마 안 되었지만, 애정하게 된 친구와 오랜 시간 대화를 나누고 싶었다. 바람은 뜻대로 되지 않았다.

별건 아니었다. 단지 친구에게 온 누군가가

아프다는 전화 한 통이 내 숨을 막히게 했고, 나는 물 빠진 어항에 물고기처럼 파닥대기 직전의 가슴을 부여잡고 창틀을 찾아 밖을 향해 한참 숫자를 세야 했다. 매우 당황스러웠을 친구에게 어떤 말도 하지 못했다. 내 탓이 아닌데. 그냥 나는 이런 사람일 뿐인데. 내밀어 준 친구의 손도 잡지 못했다.

말해주지 않아도 알아주었으면 하는 것들이 있다. 누군가를 향한 애정이나 사랑 같은 예쁜 감정은 물론이겠지만, 그렇지 못한 슬픔이나 아픔들도 헤아려주었으면 싶다. 작은 행동이 마음에 연고를 바를 때를 기다리고, 그런 행동을 스스럼없이 할 사람을 사랑하고 싶다. 그리고 나도, 내 아픔을 껴안고 나 자신을 사랑할 용기가 있었으면 좋겠다.

옅어지는

"산이야." 버릇처럼 현관을 나설 때마다 부르는 이름이 옅어진다. 일 년이라는 시간은 짧고도 길어서, 계절이 바뀔 때마다 울었음에도 어미는 자주 슬픔을 망각하나보다. 밤에는 너를 묻은 화단을 지나치다 곧 땅이 얼겠다고 생각했다. 내 새끼. 추우면 안 되는데. 잡초 하나 없고 꽃들이 주위를 시키던 너의 자리에는 차마 자라지 못한 알 수 없는 식물의 싹들과 희미한 그날의 기억만 남아 있다.

마지막 모습이 기억날 때면 좋아하는 밴드의 슬픈 사랑 노래를 들었다. 더 이상 볼 수 없을 것 같지만, 그래도 어딘가에만 있을 것 같아서, 언젠가는 볼 수 있을 것만 같아서 나는 자꾸만 우리의 이별을 한낱 연정에 비교하고 만다.

산이야. 오늘은 SNS에서 너와 닮은 자묘를 봤다. 어린 것이 어찌나 예쁘던지. 제대로 자라지 못하고 삐쭉대며 자라던 너의 털을 생각했다. 우유 냄새가 나는 것 같던 아기 시절을 생각했다. 꼭 내 머리맡에서 자야만 직성이 풀렸던 너를 그리워했다. 하루 종일 나만 기다리며 현관문에 있었다는 너의 모습이 왠지 보이는 것만 같다. 나도, 네가 매일 현관문 앞에서 그랬던 것처럼, 너를 만날 시간을 많이 기다리고 있다.

오랜만에 죽음을 생각했다. 끝이 아닌 시작으로써의 마감을 생각했다. 네가 가면 나도 따라갈 거라고 입버릇처럼 말하고는 했었는데. 나는 남은 가족들을 핑계로 그 말을 지키지 않았다. 그런데, 나 정말, 네가 많이 보고 싶다. 아직도 다른 곳에서 나를 기다리고 있을 것만 같다.

"산이 녀석은 재밌게 놀고 있을 거예요." 네가 가고 나를 지켰던 네 동생의 보호자는 나를 위로한다. 각별한 마음에 공감해서일까. 자꾸만 나를 챙기고 지킨다. 그게 정말 고맙지만, 네가 이어준 인연이라는 생각에 감사해서 울고, 자꾸만 네가 떠올라 화가 나고 슬프고 원통해서 나는 또 자꾸만, 계속 자꾸만 운다.

곁을 내주기가 어려운 사람에게는 빈 곁의 자리가 찢어지도록 아프다. 사람들이 이별을 어떻게 극복하냐고 물어보더라. 극복하는 방법은 없다고. 그저 견디며 하루에 집중하며 살아가다 보면 새로운 사랑이 나타날 거라고, 형식적인 답변으로 위로하지만, 솔직히 말하면 나, 내가 뱉은 그 말을 믿지 않는다. 네 자리를 대신할 수 있는 그 어떤 생명체도 앞으로 존재할 수 없다는 걸 잘 알고 있다.

산이야. 겨울이 왔다. 눈이 내렸다는데, 집순이인 어미는 아직 눈을 보지 못했다. 눈을 보지 못해도 괜찮은 시절이 있었다. 너의 하얀 털에 코를 박고 까만 머리를 쓰다듬고 있으면, 포근한 눈 위에 있는 것 같았다. 따뜻한 눈은 이런 걸까 생각했었다.

시간이 빠르게 가는 걸 기뻐해야 하는지 슬퍼해야 하

는지 모르겠다. 기억이 희미해질까 무섭지만, 너를 향해 가는 시간이 줄어들고 있다고 생각하니 다행이라는 생각도 든다.

산이야. 겨울이 왔다. 그곳은 어떠니. 눈이 내리니. 하얗고 예쁘고 무용한 결정을 솜 같은 발로 건드려 보았니. 어미는 아직 눈을 보지 못했단다. 기왕이면 함께 눈을 밟았으면 좋겠구나. 사랑한다. 사랑한다.

용서하는 법은 배우지 못해서

살 썩는 냄새가 난다. 상처에 고름이 올라와 깨끗이 빨아 입은 잠옷에 배이고, 누런 자국이 생길 때쯤 되면, 형용할 수 없는 악취가 코를 타고 올라온다. 흉터는 내가 병에서 살아났다는 승리의 표식이었지만, 나는 이 자랑을 자꾸만 없애고 싶었다.

개복(開腹)을 하면 생존 확률이 현저히 줄어든다고 했다. 하긴, 배의 피부와 그 안쪽 근육을 갈라 장기를 빼내는 일이 쉬울 리가 없었다. 예쁘게 꿰매달라는 말에, 담당 교수님은 그걸 생각하기 전에 살 생각을 먼저 하라며 나를 다잡았다. 스무여 개의 호치키스가 명치부터 성기 위까지 박혔다. 살았지만, 산자의 모습이 온전히 죽은 자의 모습보다 끔찍했다. 살은 아무렇게 아물었고, 켈로이드가 없음에도 우둘투둘하게 올라온 긴 줄이 몸 정중앙에 생겼다. 그 모습이 마치 독을 품은 뱀 같다. 화를 돋우고 세상을 원망하게 하는 순수한 악의 표식. 나는 매일 아침 내 배 위에 사는 사(巳)를 증오하며, 나를 비껴간 사(死)를 열망했다.

눈에 덜 띄게 하고 싶은 욕심도 있었지만, 흉터 치료를 결심한 주된 이유는 통증 때문이었다. 세로로 오그라들어 유연성을 잃은 살은 내 어깨를 자꾸만 구부정하게 했고, 곧은 자세로 앉으려 할 때면 찢기는 통증에 몇 번이고 숨을 참아야 했다. 곧 허리를 곧게 펴지 못하게 되겠다는 생각이 들었을 때, 나는 암 치유센터의 협진으로 치료를 시작했다.

어떠한 레이저나 주사를 사용하는지는 잘 알지 못한다. 친절한 교수님이 여러 번 설명해 주었지만, 아픔 앞에서 잔뜩 쫀 내 귀에 들릴 리가 없었고, 내가 치료 중 기억하는 건 타들어 가는 살냄새와 중장비로 콘크리트 부수는 소리가 나는 장비 돌아가는 소리, 그리고 칼로 찌르는 듯한 아픔뿐이다.

아픔 따위야, 괜찮다. 해봤자 삼십 분 남짓만 참으면 큰 아픔은 끝난다. 문제는 치료 과정에서 생긴 생채기에서 나는 피와 고름. 거즈와 식염수로 반나절을 닦아내면 흐르는 체액은 멈추지만, 일주일간 올라오는 살 썩는 염증 냄새는 도무지 견디기가 힘들다. 혹시나 남들에게 이 냄새가 날까 무서워 내의에, 복대에, 겉옷까지 감싸지만, 바깥의 업무가 길어지는 날의 불안감은 도무지 해결되지 않는다.

나의 고양이는 생을 마감하며 밤꽃 냄새를 풍겼다. 어쩌면 가장 태초와 가까운 냄새를, 하필이면 마지막에 뿌렸다. 하도 울어 부은 인후로도, 그 냄새는 또렷이 코점막을 통과했다. 내 살을 태울 때마다, 나는 용기를 주며 내 옆을 지키던 나의 고양이를 생각한다. 산이야. 사랑하는 산이야. 마지막까지 꽃향기를 뿜던 산이야. 어미는 몸에서 썩은 내가 난단다. 몸과 마음에서 썩은 내가 나. 너처럼 긍정적인 사랑의 마음으로 생을 살았으면 나도 꽃향기가 날까. 어미는 아직 세상을 용서하는 법을 배우지 못했어. 참 어리석지.

어리석기도 하지.

　　　　거즈에 식염수를 적셨다. 피고름을 닦아내고, 흉한 것들이 없어지기를 바랐다. 의문이 든다. 산다는 것 자체가 나에게 과욕인가. '잘' 살아보겠다는 결심조차 오만일까. 그 결심을 내려놓으면 나도 향기가 나는 몸과 마음을 지니게 될까. 언제쯤 내 휴대전화를 채우는 병원 방문 날짜와 몸을 가로지르는 흉터에 적응할 수 있을까. 다시금 주어진 생을 믿고 나아갈 수 있을까. 그 믿음이 너무 늦게 찾아오지 않기를 바란다.

의문스러운 날들과 답이 들리지 않는 질문
과 지나가는 하루에 대해

'나 DNR에 사인하고 싶어. 가족 구성원의
동의가 필요하대. 엄마는 못 하겠대. 아버지
가 해 줘.'

딸의 문자에 아빠는 금세 전화가 왔다.

"그건 네가 결정할 일이 아니란다. 부모에게
어떻게 자식을 죽이라는 소리를 하니."

보통은 왜 그러냐 묻는 게 먼저 아닌가. 내 마음을 알
기에 묻지 않았을까. 나는 차분하게 말을 이어갔다.
아버지. 나 죽는다는 게 아니라고. 죽이라는 것도 아
니라고. 때가 되면 자연스럽게 보내 달라는 거라고.

소생술 포기 각서에 사인을 하기로 마음먹은

건 처음 희귀 종양 진단을 받고 나서였다. 산소포화도와 심박수를 재는 기계들의 규칙적인 삑삑 소리는 나를 미치게 했다. 일 년에 몇 번이고 검진이다 뭐다 드나드는 병원에서는 끊임없이 그 소리가 울렸다. 죽음 앞에서 제일 늦게 닫히는 감각은 청각이라 했다. 삑삑거리는 소리를 심정지 후에도 듣고 싶지 않았다. 자연의 섭리를 거스르고 의학의 도움으로 사는 게 정말 내 삶은 맞는 걸까. 이제는 되었다고 생각했다. 수술 후 부활의 삶은 경기의 연장전 같았다. 세상이 이기는 점수 한 번이면 나는 먼지가 되어 날아갈 터였다.

> "사인 못 하겠으면, 때가 되었을 때 아버지가 나서서 플러그를 뽑아 줘. 아버지는 할 수 있잖아. 내가 원하는 게 뭔지를 가장 잘 알잖아."

그래. 그래. 몇 번을 대답했다. 그래야만 당신에게 확신이 생길 수 있을 것처럼. 몇 번이고 그러마 중얼거렸다. 아버지. 고마워. 말이라도 그렇게 해줘서 고마워.

전화를 끊고 알람을 맞췄다. 검진 전날에는 먹을 수 있는 게 많이 없다. 속을 비우고, 그저 시간이 흐르기를 기다린다. 또 아래위로 쑤셔지고, 커다란 자기장 통에 넣어지고, 피를 한 컵 뽑아내겠지. 누구를 위한 무엇인가. 몇 번이고 생각한다. 나는 이 짓을 몇 개월에 한 번씩 하면서 살고 싶은 의지가 아직 남아있나. 정말 남아있나.

퇴근하고 돌아오는 엄마를 본다. 아직까지도 내가 대단한 사람이 될 거라고 믿는 사람. 좋은 작품도 하고, 만들어 내고, 언젠가는 가정도 꾸리며 자식도 낳을 거라고. 그렇게 믿고 그렇게 기도한다. 엄마. 미안해. 그냥 지금은 숨쉬기도 힘들어. 내 마음에 버틸 힘이 남아 있지 않아. 사랑을 그대로 반사한다.

언젠가 누군가에게 거울 같은 사람이라는 말을 한 적이 있다. 단순히 아픔이 많아 글을 토해내는 사람이라는 명목으로 갖다 붙이기 좋은 사물 하나로 남의 상처를 지나치게 낭만화했던 건 아닌지 미안하다. 거울에 비친 나의 모습이 까맣다. 며칠 무리했더니 급격히 저하된 컨디션에 어두워진 안색도, 거기에 타들어 가는 내 속도, 모두 까맣다.

　　　　언제까지 주저앉아 있을래. 그런 목소리가 어렴풋이 들리는 듯했다. 잠이 덜 깼나. 아니면 검진 때 맞은 조영제 때문에 어지러운가. 드디어 미쳐가는 건가. 아니면 인제야 정신을 차리는 건가. 왜 하필 질문형으로 이 문장이 나에게 왔을까. 주저앉아있지 말라고 응원하는 것도 아니고, 주저앉아 있을래, 라니. 정말 누군가가 말해주었으면 좋겠다. 일어나라고. 또다시 극복할 거라고. 괜찮으니 내 손을 잡으라고. 일단 밥부터 먹고 천천히 걸어보자고. 다시 한번 우리 걸음마를 배워보자고.

남은 사람들

　　　밥 냄새. 이게 얼마 만이야. 바빠서 가족들이 먹고 냉장고에 넣어 놓은 찬밥을 데워 먹고는 했는데. 자정이 넘게 끝난 촬영에 지쳐 집에 돌아와 오늘만큼은 제대로 차려 먹어야지 생각했는데 하필이면 밥이 없다. 허한 마음에 천장을 뒤졌더니 나온 즉석밥 하나. 다행이다. 유통기한이 조금 남았네. 전자레인지에 밥을 돌려놓고 옷을 갈아입었다.

　　　밥 냄새. 새로 한 밥 냄새. 너무 좋다. 사람들이 '소울 푸드'라는 단어를 왜 사용하는지 알겠네. 종일 부을까 봐 유동식으로 허기를 달랬던 하루가 김 몇 장과 흰 쌀밥 하나에 보상받는 느낌이다.

　　　인터넷에서 레시피를 뒤져 된장찌개를 끓이던 때가 있었다. 컵라면 물 하나 제대로 못 맞춰 매번 잔소리를 듣는 사람에게도 밥상을 선물하고 싶던 사람이 있었다. 아침에 일찍 일어나 시장에서 버섯을 사고, 서툰 칼질로 애호박을 썰었다. 내가 차린 밥을 기대하며 퇴근 시간을 기다렸으면 했다. 맛이야 있었겠느냐마는, 한 공기를 뚝딱 비우고는 웃는 얼굴로 나를 안았다.

그 사람이 그리울 때는 갈비찜을 먹었다. 고기는 별로 좋아하지 않지만, 자주 가던 식당에서 밥을 국물에 말아 떠먹여 주던 모습이 기억나 허한 마음을 조금은 채울 수 있었다. 그가 없어지고 꽤 오랫동안 힘들었지만, 아름다웠던 기억을 상쇄해 주는 많은 것들 덕에 시간을 보낼 수 있었다.

여덟 개가 묶음인 절편을 두 판 샀다. 전화를 받은 건 밥을 실컷 먹고 난 다음 날 저녁이었다. E가 연락되지 않는다며 전화를 건 친구는 한참을 울었다. 하필이면 지방에서 올라오고 있던 터라, 직접 가지는 못하고 집에 찾아가 봐줄 수는 없냐며 물었다. 분명

안에 있는 것 같은데 문을 열어주지 않는다는 친구에게 비밀번호를 알려줬고, 그렇게 E는 병원으로 실려 갔다.

　　　속도 없지. 제정신이 아닌 상태로 운전해서 오는 사람한테 기껏 하는 말이 "떡이 먹고 싶어,"라니. 역 근처 떡집에는 남은 떡이 별로 없었다. 그렇게 선택된 하얗고 파란 절편 두 판. 해줄 수 있는 게 이것밖에 없다. 초라하다.

　　　절편을 받아 든 E는 침대를 세워 달라 말하더니 한 판을 눈 깜빡할 사이에 해치웠다. 이렇게 잘 먹을 거면서. 왜 떠나려고 했을까. 달콤한 날들이 많이 남았는데. 그렇게 믿게 해줄 수 있는데. 같이 이겨내면 되는데.

　　　살아난 것에 대해 씁쓸함을 느끼는 것 같지는 않았다. 그저 자신의 행동이 주위 사람들에게 민폐를 끼친다고 생각했는지 고맙다는 말만 되풀이했다. 회복이 얼마나 걸릴 것 같냐, 앞으로 마음에 대한 치료는 어떻게 할 생각이냐, 물음과 잔소리를 한바탕 퍼붓고 나서야 배가 고팠다. 남긴 쑥절편 하나를 먹고는 제대로 정리되지 않은 소지품을 정리해 주고 면회 시간이 끝날 때까지 도란도란 얘기를 나누었다.

요즘 E는 그 누구보다 잘 지내고 있다. 삶이 안정되었다고 본인의 입으로 말할 수 있을 만큼 건강해졌고, 손목에 남은 흉터는 아무도 눈치채지 못할 만큼 옅어졌다. 그래도 가끔 힘든 날에는 절편을 찾는다. 요즘에는 조청을 찍어 먹으면 그리 맛나다고 한다. 그 떡이 E의 아픔을 조금은 상쇄시켜 주는 걸까. 너는 또 절편 타령이냐며 잔소리하지만, 겸사겸사 나도 찾아 주니 실은 고마운 마음이다.

떠나간 사람들과 남은 사람들을 생각한다. 내가 관심을 기울이지 않았던 그들의 취향에 대해서도 생각한다. 어리석고 바보 같은 사람. 상대의 취향에는 관심도 없이 어떻게 사람들을 상대해 왔담.

그러니 물어야겠다. 밥 먹자. 뭐 먹고 싶어?

뭘 좋아했었지? 그래. 그럼 우리 그거 먹으러 가자. 취향에 맞는 한 끼를 알려주고 서로의 영혼을 위로하자. 사는 거 참 별거 없더라. 내가 원하는 대로 살아지지도, 내가 원하는 대로 마무리되지도 않더라. 밥 먹자. 네가 좋아하는 걸로.

아침(2)

　　　　매트리스를 뒤집어야 하나 한참을 고민했다. 한쪽만 푹 꺼진 매트리스. 그럭저럭 버틸 만하다고 생각했는데 찬 바람이 불어와서인지 아침에 느끼는 허리의 통증이 썩 유쾌하지 않다. 십 개월 정도를 침대의 왼쪽에서 보냈다. 나의 고양이가 별이 된 시점부터 나는 그 자리를 넘지 못한다.

　　　　침대의 오른쪽은 언제나 산이의 것이었다. 티브이를 보며 누워있으면 이내 올라와 내 머리를 비볐고, 밤이면 내가 잠들 때까지 기다렸다가 캣타워로 향했다. 그래서 오른편에 베개를 놔줬다. 제 것인 줄 알았을까. 사람인 척 그곳에 머리를 올리고 끔뻑끔뻑 조는 꼴이 우스워 미소 지으며 한참을 쓰다듬었었다.

　　　　선천적으로 작은 신장을 가지고 태어난 산이

는 나이가 들며 자주 병원에 입원하고는 했다. 요독이 빠져나가지 못할 때면 수액을 주사해 몸의 순환을 도와야 했고, 자주 산소방에 들어가야 했다. 산이가 없는 날에는 잠을 자지 못했다. 산이 없는 익숙하지 않은 잠자리에서 혼자 병실에 갇혀 있을 산이를 생각하니 잠이 올 리 없었다. 산이는 집에 돌아오면 언제 입원 했었냐는 듯 또 내 침대 오른쪽에 자리를 잡고 애교를 부렸다.

산이는 내 오른편에서 마지막을 맞았다. 숨을 가쁘게 쉬는 내 자식의 배변이 샐까, 깨끗한 흰 천을 깔고 아이를 눕혔다. 내가 잠시 시야에서 사라지면 곡소리를 내며 울었다. 그래서 옆에 누워 머리를 받치고 쓰다듬었다. 마지막까지 산이는 나에게서 눈을 떼지 않았다. 마지막 눈물 한 방울로 나에게 안녕을 고하고 산이는 여행을 떠났다.

마지막까지 내 침대의 오른편은 산이의 것이었다. 단 하루도 그 사실을 망각한 적이 없다. 내 몸이 그걸 기억했다. 잠이 들어서도 그쪽으로 넘어가는 법이 없었다. 언제나 나는 왼쪽에서 눈을 떴다. 살면서 많은 사랑이 찾아오더라도, 산이만큼 사랑할 수 있는 누군가를 만나지는 못할 거라는 생각을 한다. 내 매트리스의 가라앉은 부분과는 비교할 수 없을 만큼 깊은 감정을, 나는 가슴에 품고 산다.

산이가 떠나고 공황장애와 우울증이 심해졌다. 같이 자던 생명이 옆에 없으니 도무지 낯설어 잠이 오지 않았다. 불면증을 동반한 우울증은 나를 방 안에 가두었다. 한동안 아무도 만나지 않았고, 집 밖에도 나가지 않았다. 한 달여간의 시간이 흐르고 나서야 방에 쳐진 암막 커튼을 걷었다. 너무 슬퍼하면 망령이 떠나지 못한다는 문자를 친구로부터 받고 나서였다.

어찌저찌 버텨왔다. 몸이 바쁜 날은 조금 견딜 만했다. 차라리 몸이 힘들면 지쳐 쓰러져 잠이라도 잘 수 있었다. 산이의 생일이 있는 여름이 찾아오고,

나에게는 꽤 긴 쉼이 주어졌다. 일이 꾸준하지 않은 건 프리랜서의 숙명 같은 거겠지만, 시기가 너무 부적절했다. 별이 된 자식의 생일을 오롯이 견디는 건 무척이나 힘든 일이었다. 같이 지냈던 여름날의 기억이 자꾸만 생각이 났다.

외출하다 돌아오며 산이를 묻은 화단에 핀 꽃을 봤다. 마지막쯤, 겨울 추위에 떠나는 산이에게 나는 속삭였었다. "봄이 되면 꽃이 되어 돌아오렴." 산이를 묻은 자리에는 한겨울에도 꽃이 피었다. 그 이후로도 줄곧 모양과 색을 다르게 하며 산이는 꽃을 피웠다. 처음부터 끝까지 기적과 같은 아이였다. 산이는 어미와의 약속을 지독하게 지키고 있었다. 그래서 나아지기로 결심했다. 나는 남아 이 작은 고양이를 많은 사람들에게 기억시켜야 한다. 산이의 존재가 잊혀선 안 된다.

매트리스는 뒤집지 않기로 했다. 고통과 사랑과 기적을 오래 간직하고 싶다. 이 글을 읽고 있다면 남은 반려인들과 떠난 반려동물들을 위해 한 번씩 기도해 주기를.

그리고 산이야. 항상 말하지만, 많이 보고 싶고, 사랑한다. 단 한 순간도 너를 잊은 적이 없다. 단 한 번도 네 이야기에 눈물짓지 않은 적 없다. 꿈에서 또 놀자. 자주 놀자. 다시 만나면 꼭 끌어안고 목덜미를 긁어줄게. 그러면 언제나 그랬던 것처럼 내 얼굴을 핥아주렴.

(무제)

생일 축하했어. 막상 당일에는 이렇게 말하면 눈물만
나고 진심으로 축하해 줄 수 없을 것 같아서 말하지 못
했어. 어쩌면 그래도 너는 내 마음을 헤아려 줄 거라
는 나의 건방짐이었을지도 모르겠다.

요즘 들어 너의 이야기가 많이 들리더라. 안타까운 한
숨과 그리움이 섞인 푸념 같은 것들이 들리면 그냥 귀
를 닫아버리고는 해. 너를 많이 좋아하던 사람들은 너
를 영원히 기억하겠다고 말하지만, 나는 그냥 잊어주
었으면 하는 바람이다. 더 이상 어떤 것에도 시달리지
않았으면 하는 바람이다.

너의 친구가 아픈 이유에 너도 있을 거래. 그렇게 마
르고 힘이 없어진 이유에 네가 떠난 것도 한몫했을 거
래. 그 말을 듣고 어찌나 화가 나던지. 그래. 영향이
없었을 수는 없겠지. 나조차 지금까지 생일 축하한다

는 한마디 하기 힘들어하니까. 그래. 원망해도 되겠지. 어찌 보면 너만 편해지자고 떠난 길 아니니. 나도 사실 그런 너를 원망 하기도 했다.

횡단보도를 줄레줄레 러닝셔츠 바람으로 건너는 너의 모습이 아직도 눈에 선하다. 클랙슨을 울리고 인사를 하려다 떨구어진 고개에 차마 그럴 수 없었던 그날의 밤을 나는 아직도 기억한다. 자기는 실력 있고 능력 있는 사람이 아닌데, 사람들의 바람 때문에 그렇게 될 수밖에 없었다 했었지. 마치 너의 성공에 너의 노력은 한 방울도 담겨 있지 않은 듯이 그렇게 말했었지. 너의 위치와 성취가 별 가치 없다는 듯이 말했었지.

생활이 힘들어진 지금, 나는 유독 너의 말을 많이 곱씹는다. 행복하면 발전이 없을 것 같다는 말. 끊임없이 자신을 채찍질해야만 뒤처지지 않을 수 있다는 말. 나도 그 당시에는 맞아, 하고 고개를 여러 번 끄덕였던 그 말.

그런데 말이야, 살아보니 그건 아니더라. 나는 지금 먹고 싶은 걸 자유로이 먹지도 못하고 천 원 단위로 쓰던 가계부를 백 원 단위로 쓰지만 말이야, 나를 웃게 하는 좋은 사람들과 함께하니 행복하다는 생각이 들더라. 소위 말하는 '정신 승리'를 한 걸지도 모르겠다. 내가 네가 종종 말하던 목표에서 나는 아직도 많이 떨어져 있지만, 나 자신이 안쓰럽게 느껴지거나 삶에 좌절감을 느끼지 않아. 내 행복을 이해하지 못한다는 사람들에게 가운뎃손가락을 올리는 대신 웃어 보일 수 있는 배짱도 생겼다.

불안이 성장의 동력이 될 수 있다고 믿었던 우리에게, 그렇게 살지 말자고 말해주고 싶다. 그러나 그럴 수 없으니, 그때의 너와 내 나이일 사람들이 이 글을 읽고 그걸 알았으면 좋겠어. 성공이나 성취가 언제나 행복을 가져다주지 않는다는 걸. 자신을 갉아먹어 가며 목표지향적으로 살지 않아도, 남들보다 조금 부족하게 느껴질지라도, 하루 끝에 웃을 수 있다는걸.

친구야. 많이 보고 싶다. 결국에는 이 말로 마무리 지어야겠다. 너와의 이별에 많은 의미를 붙이고 싶지만, 그런다고 네가 돌아온다거나 내가 너를 볼 수 있는 건 아니어서.

잘 부탁해

　　　　죽음에 대해 자주 생각했다. 주위에 죽음이 도사린다. 35년생 할머니가 병원에 입원하셨고, 전염병의 여파로 아직 면회가 자유롭지 못해 가족들이 돌아가며 할머니에게 영상통화를 걸었다. 제대로 된 안녕을 못 하고 이별하면 어쩌나 했는데, 다행히 또 일어나서서 집으로 돌아오셨다. 열네 살이 된 반려묘 청이는 털갈이를 하며 흰 털이 늘어났다. 검은 털이 파뿌리가 될 때까지 행복하게 살자는 말을 후회했다. 파뿌리가 되고도 한참을 함께 행복해야 하는데. 언제나 미래는 갑작스럽고, 여전히 인간은 후회의 동물이다.

　　　　재작년 막내 고양이 산이를 떠나보내고 생활이 안 될 정도로 정신을 붙잡고 있기가 힘들었던지라, 청이가 떠나가면 이번에는 나도 정말 살고 싶지 않을 것 같았다. 고양이를 한 마리 더 입양하고 싶었지만, 그렇게 되면 새로운 고양이에게 청이의 이별을 또 안겨주는 것 같아 많이 망설였었다. 청이의 건강 상태도 걱정이었다. 혹여나 새로운 고양이에게 스트레스를 받아 갑자기 건강이 악화할까 무서웠다. 한 달에 한 번, 청이의 약을 받으러 병원에 갈 때마다 원장 선생님과 몇 시간씩 상담했다. 청이가 새로운 만남을 견딜 수 있을까요. 오는 아이는 죽음을 견딜 수 있을까요. 내 친구는 말했다. 동물보다는 언니가 우선이라고.

오필리아처럼 아름다운 죽음을 꿈꿨던 나에게, 그러니까 너무나도 오만해서 죽음조차 내가 원하는 방식대로 되었으면 하는 생각을 가지고 사는 나라는 사람에게, 해줄 수 있는 가장 현실적인 조언이자 위로라고 생각했다.

아름다운 죽음에 대해 오랫동안 묵상했다. 그리고 특별한 답을 찾지 못했다. 밀레이[1]의 그림 같이 아름다운 죽음은 창작물 안에서만 존재할 수 있는 건지도 모른다고 생각했다. 그렇게 개리가 왔다.

---

[1] 존 에버렛 밀레이. 영국의 화가. 대표작으로 *오필리아*가 있다.

개리는 내가 키우거나 보호했던 고양이들과
는 매우 달랐다. 사람을 경계했고, 겁이 많았으며, 작
은 소리에도 깜짝깜짝 놀랐다. 집에 오는 길에는 긴장
해서 침을 흘리고, 집에 오니 낯선 장소가 너무나 무
서웠던지 오줌을 지렸다. 치우는 거야 별일 아니었지
만, 나는 그런 개리가 걱정됐다. 괜히 데려왔나. 원래
있었던 곳이 더 행복했던 건 아닌가. 내가 보호자가
될 연이 아니었나. 별의별 생각이 다 들었다. 자기도
자기가 한 용변 실수에 놀란 건지, 만 이틀간을 똥오
줌도 싸지 않고 침대 밑에 숨어 있었다. 내가 할 수 있
는 일이라고는 동물병원 원장님께 전화를 걸어 상태
를 보고하는 일뿐이었다. 일단은 놔둬 보세요. 말이
쉽지요, 원장님. 4개월 된 새끼 고양이가 저러고 있는
데요.

이틀이 지나고 개리는 무슨 일이 있었냐는
듯 내 침대 위로 올라와 꾹꾹이를 시전했다. 고로롱거
리는 소리로 머리를 나에게 들이밀며, 마치 내가 너를
보호자로 인정하겠다는 듯이 배를 뒤집어 깠다. 걱정
했던 시간이 무색하다 못해 무안했다.

살아가게 하는 건 진심인 마음이 아닐까. 크기에 상관없이 아주 조그마한 마음이 기적을 만들 수도 있다. 그러니까 개리야, 우리 서로 작고 큰 진심을 나누며 잘 지내보자. 잘 부탁해.

살자

　　　"현금으로 최소한 5억 이상은 있어야 해요."

공인중개사 아주머니가 말했어.

　　　"그래도 앞으로 25억은 갈 텐데… 5억은 넣
　　　을 생각이 있어야지, 아가씨. 너무 공짜 좋아
　　　하고 그러면 안 돼."

예. 아주머니. 아, 사실은 제가 공짜도 좋아하긴 하는
데 그것보다 5억이라는 돈이 없어서요. 그러니까 제
가 잘 이해한 건지는 모르겠는데, 부동산 청약이라는
게요. 무주택자들을 위한 거잖아요. 내 집 마련의 꿈
을 위한 그런 제도잖아요. 그런데 현금으로 5억이 있
으면… 아니 그러니까, 5억이면 밑에 지역에서는 아
파트 한 채를 살 수 있대요. 근데 12평이 겨우 나온다
면서요. 그것도 실평수는 더 작다면서요. 저는요. 청
약 열심히 넣고, 열심히 돈 모으면 담보 대출이라도

받아서 집 살 수 있을 줄 알았어요. 갚으려면 아주 오래 걸리겠지만, 그래도 열심히 일해서, 밤에 다시 배달일도 하고 주말에 알바도 해서, 그렇게 갚으려고 했거든요. 저도 남들이 말하는 '재산'이라는 걸 가지고 싶었거든요.

많은 말끝에 나온 한마디는 "네, 알겠습니다." 언제나처럼 네, 알겠습니다. 세상이 그렇다면 그런 거죠. 제가 바꿀 수 없는 거에 치중하기보다 바꿀 수 있는 거에 집중하며 살기로 했으니까. 오늘도 네, 알겠습니다. 그래도 서러우니 한숨을 푹. 돌아온 집에는 고양이 두 마리. 엄마 어떡하니? 그래도 얹혀살 할머니 집이라도 있어서 다행이지? 청소기를 들고 깨끗한 바닥을 또다시 밀고. 걸레를 적셔 와 창틀을 닦고. 내가 가정에 쓰임이 될 수 있게, 최소한 이곳에서만큼은 효용 가치가 있는 사람이 되게. 집 안을 깨끗이. 깨끗이.

고통과 인내의 시간은 왜 언제나 영겁 같을까. 기적을 맞이한 사람들은 그러더라. 겪고 보니, 정말 별거 아니더라고. 그 영겁 같은 시간이 한꺼번에

보상받는 날이 분명히 오더라고. 근데 인내의 시간은 유독 나한테만 더 긴 것 같네. 영원히 벗어날 수 없을 것 같네. 내 인생 전체가 정전인 기분이야. 아니지. 아예 발전(發電)이 안 되는 삶을 살고 있는 걸 수도 있겠네. 그렇지. 그런 사람도 있는 거지. 모든 사람이 다 성공해서 행복하게 살면 그것도 말이 안 되잖아.

　　　　일을 마치고 온 가장 친한 친구의 전화. 평소답지 않게 입이 댓 발 나와서는 번 아웃이 온 것 같대. 너무 오랫동안 쉬지 못했던 것 같다고. 모든 게 재미없고 아무것도 하고 싶지 않다고. 그렇구나. 그럴 수 있지. 어떡하지. 내가 해 줄 수 있는 게 없는데. 그렇구나. 그럴 수 있지. 그런데 하필. 지금. 내가 돈도 못 벌고 있는 타이밍에. 이렇게 정체된 때에. 응원의 소리조차 크게 낼 수 없을 때 그러면 어떡해.

　　　　나 그냥 죽어버릴까. 이제는 이런 말 할 자격이 되는 것 같거든. 병도 극복했고 책도 베스트셀러에 올라 봤고 웬만큼 매체도 타 봤는데. 더 이상 먹고 싶은 건 없고 가지고 싶은 건 어차피 가질 수 없을 것 같은데. 죽어버릴까. 이제는 그래도 되잖아. 내 장례식

장에 오는 사람들이 나보고 쉽게 삶을 포기했다고 말
할 것 같지는 않거든.

　　　　'언니. 재밌는 거 하자.' 동료에게 온 문자.
언니가 필요해. 새로운 프로젝트에 언니가 참여해 줬
으면 좋겠어. 내가 필요하다는 문자. 내가 쓰임이 될
수 있다는 문자. 일요일에 만나서 회의하는 건 어때?
그 질문에 또 흔쾌히 그래. 그러자.

　　　　있잖아. 사람들은 모두 살 이유가 없다 하더
라. 그냥 하루하루 그 이유를 조금씩 만들어서 사는
거래. 그러니까 나만 그런 것도, 너만 그런 것도 아니
라고. 그냥 그런 거라고. 다들 죽지 못해 사는 거라고.
그러니까. 다들 그러니까 혼자만 도망치면 비겁하니
까. 그러니까 살자고.

질긴 삶을 씹으며

　　4개월 만에 이렇게 달라질 수 있다. 인간은 쉽게 바뀌지 않는다고 누가 말했던가. 단지 성격에 관한 것이었나. 이제는 생활의 일부가 된 피검사의 결과를 보며 덤덤해졌다. 별의별 일들을 다 겪어서일까. 좋지 않은 일들에 격한 감정보다 덤덤함이 앞선다는 사실이 재밌다.

　　신에게, 차라리 죽여달라는 소리를 많이 했었다. 소원은 함부로 비는 게 아니라고 했었는데. 아니지. 나는 죽게 해달라고 빈 거지 아프게 해달라 빈 건 아니었는데. 그런데 왜 이렇게 됐지. 콜레스테롤은 위험 수치를 넘어섰고, 잘 작동하던 신장도 조금은 힘든 모양이다. 수치들의 평균값들은 누가 정한 걸까. 중요한 시험을 망친 아이가 된 기분이다.

삶을 산다는 건 단순히 숨을 쉰다는 것 이상의 의미를 지닌다. 또래와 어울리고, 술도 한잔하고, 먹고 싶은 걸 먹으며 수다도 떨고, 미래를 향한 꿈을 꾸며 나갈 때에 비로소 '살아 있다'라고 표현할 수 있겠다. 지금의 내 삶은, 지금 살아있는 것과는 거리가 멀다. 죽기를 바란다는 소원이 이루어진 건지도 모른다.

당분간 튀긴 음식과 육류는 안녕이고, 술도 당연히 안녕이다. 차라리 한 방에 죽는 병이면 나았으려나. 나는 장애가 무섭다. 일주일에 세 번 투석은 죽어도 피하고 싶고, 언젠가 아팠던 아버지처럼 뇌졸중이 와 말이라도 더듬는 날에는 건물 위 옥상을 찾아다닐 게 분명하다. 어쩌겠나. 고통이 무서우면 건강을 찾아야지. 아. 나 좋아하던 사람과 와인 약속이 있었다. 그것도 캘린더에서 지울까 고민했다. 사랑까지 포기하면 정말 살과 뼈로만 이루어져 공기만 축내는 세포 덩어리와 다를 게 없는데.

하필이면 나, 사랑이 하고 싶었다. 봄에 뽑았던 피는 맑았고, 정상인과 비슷한 수치에 기쁜 마음으로 사랑을 찾았다. 인연이라는 게 신비한 만큼 찾기도 어려워서, 선선한 바람이 부는 지금에야 마음을 열 수 있는 사람을 찾았다. 그런데 자중하란다. 또, 또, 자중하란다. 다시금 사랑의 자격에 대해 고민한다. 어느 집 귀한 자식도, 아픈 사람을 사랑할 필요는 없다.

또다시 커튼을 치고 나를 가두어야 할까. 언젠가 친구는 물었었다. 왜 오래된 친구들과는 연락하지 않느냐고. 나를 동정하는 시선들이 싫었다. 아픔이 묻은 사람이 아닌 평범한 사람이고 싶었다. 배려의 행동들을 못되게 쳐내고 싶었다. "이거 먹을 수 있어?" 물어보는 사람들이 아닌, 술상을 앞에 두고, 부어라 마셔라 하는, 사정을 모르는 새로운 친구들이 좋았다. 장황하게 설명하지만, 그냥 도망간 거다.

저녁으로 쌓아 놓고 씹던 브로콜리를 오물거리며 더럽게 질기다고 생각했다. 나 같네. 질기게 살아남고. 질기게 살아가고. 그럼에도 눈을 뜨고, 그럼에도 일을 하고, 그럼에도, 사랑을 찾는 나 같네. 질기다. 참 질기다. 너무 질긴 줄기가 도저히 씹어지지 않을 때, 물과 함께 목구멍으로 넘기며 울었다. 내가 이겼다. 이 질긴 삶을 씹어먹고 물까지 마시는 내가 이겼다.

세상의 많은 것들이 당신의 죄는 아니다. 몸의 병도, 마음의 병도, 떠나간 사랑도, 끊어진 인연도 그저 그렇게 된 것뿐이다. 태어날 때부터 죄인인 사람이 누가 있을까. 모든 것에 책임을 느끼고, 죄책감을 보태면, 죄가 아닌 일도 죄가 되어 버린다. 자신감을 조금 가져보기로 했다. 사랑받을 자격이 있는지는 모르겠으나 사랑을 줄 자격은 아직 나에게 남아있기에. 몸도 마음도, 조금 더 건강해 보련다. 그래서 사랑도 해 보련다. 진짜 삶을 살아 보련다.

제 2 장

하필이면 사랑이 하고 싶어서

뿌리

"장기도 뿌리내릴 시간이 필요해요."

수술 후 무리하게 움직였던 탓인지, 위와 횡격막이 가까워져 구토를 멈출 수 없을 때 주치의는 그렇게 말했다. 사람의 장기는 몸 안에서 자유로운 줄 알았다. 그런데 그게 아니란다. 몸속에는 근막과 장기막과 같은 수많은 막이 존재하고, 그 사이를 지나는 큰 혈관들도 존재한단다. 한번 갈라 휘저어진 몸뚱어리의 장기는, 어지럽혀진 막의 질서를 정돈해 다시금 자리를 잡아야 한단다.

그런 줄도 모르고 살아났다는 신남에 하루에 두 시간씩을 걸었으니, 위장에 질서를 어지럽힐만한 핑계를 잘도 주었다. 투병 후 몇 년이 지난 지금, 내 장기는 평온한 질서를 유지한다. 각각의 자리에서 제 역

할을 해낸다. 장기도 뿌리를 내린다는 주치의의 생소한 말이 종종 머릿속에 맴돈다.

너를 향한 마음에 대해 생각한다. 처음에는 단순한 호기심이었고, 대화가 오고 간 며칠은 동질감이었으며, 그렇지 않은 날에는 신비로움에 대한 탐구였다. 생각이 반복될수록 너는 깊게 자리 잡았다. 좋아하는 와인을 마실 때면 입맛이 비슷한 너를 생각했고, 로스팅이 짙은 커피를 마주할 때면, 네가 타주던 산미의 커피를 생각했다. 느리고, 섬세하고, 조심스러운 사람. 내가 하루치 비에 흐드러지게 떨어지는 꽃이라면, 너는 낮고 얕지만 지지 않고 영역을 확장해 가는 잡초 같은 사람이었다.

언제 그리 깊게 나를 삼켰는지. 갈퀴가 없이 나를 붙잡고 삼키는 네가 나는 무서웠다. 새로운 사랑을 맞이하면서도 너를 생각했고, 이전의 연인과 입에 맞지 않는 와인을 마실 때도 너를 생각했다. 분명 너라면, 무겁지 않은 보디감에 오크 향이 은은한 품종을 선택했을 거야. 창밖에 가로등 빛을 보며 억지로 한 모금을 삼켰다. 네가 아닌 사람과는 교접이 가능하지 않았다. 우리 미래에 싹이 보이지 않았다. 그래서 자꾸만 사람들을 떠나보냈다.

차라리 별을 사랑하고 싶었다. 가지지 못한다는 무언가를 사랑하면 마음에 위로가 될까 싶었다. 별은 모두의 것이지만, 너는 때때로 누군가의 것이었다. 네 이름을 마음에 새기고, 사랑을 세상에 드러내면, 너의 세상은 벌건 사랑으로 칠해졌을지 모르나, 내 세상은 붉은빛으로 찢어졌다.

너에 대한 내 마음이 깊어지며 나는 한 가지 결심을 했다. 내 세상이 더 이상 붉게 찢어지지 않고, 네가 나에게 친절함을 베푸는 날, 나는 네 목에 점을 이어 별자리를 그리겠다고. 아무도 모르는 별자리를 만들어 내고, 아무도 모르는 애칭으로 너를 부를 거야. 그렇게 나는 너에게 별을 선물한 사람으로 기억될 거야.

그러나 언제나 그랬듯 나의 말은 호기롭고 행동은 씩씩하지 못하다. 하루의 비에도 흐드러진 꽃은, 뿌리내릴 곳을 찾았는데도 씨를 뿌리지 못한다. 오랜 기간 뿌리를 내리지 못하고 뱃속을 수영하던 내 장기는 주인을 똑 닮았다. 동경하는 마음으로 별을 본다. 언젠가 저 중 하나가 될 수 있을까. 네 몸에 내 흔적 하나 남길 수 있을까. 작은 점이라도 흔적으로 너에게 남을 수 있을까, 하고. 그래. 너는 별이다. 너는 잡초가 아닌 별이다. 내가 감히 뿌리내릴 수 없는 별이다.

연(緣)

　　　　열지 못하는 사진첩이 있다. 까맣고 하얀
털이 지저분하게 나 있는, 세 뼘이 안 되는 작은
체구지만 자기가 사자처럼 포효할 수 있다고
생각했던, 그러면서도 그루밍이 서툴렀던 나의
고양이 산이의 사진이 저장된 폴더. 산이가 병으로
세상을 떠나고 난 후 오래 멈추지 않았던 눈물이 겨우
잦아들었을 때부터, 나는 애써 산이의 얼굴을
찾아보지 않았다. 그래야 그나마 숨 쉬며 살 수
있었다. 산이는 그런 어미를 도와주려는지 다른 별로
떠나고는, 한 번도 꿈에 나타나지 않았다.

　　　　그랬던 산이가 갑자기 꿈에 나왔다.
이맘때쯤이면 나는 유아용 미용 가위로 산이의 긴
털을 솎아주곤 했다. 까만 털 옷을 입고 있으니
얼마나 더울까. 털을 다듬어주고 나면, 조금 살만한지

거실을 뛰어다녔다. 너의 별도 여름이었니. 내 품에
안겨서는 가만히 빗어 잘라주는 내 손길에 몸을
맡겼다.

　　　　"산이야. 얼굴 좀 보여줘."

몇 번을 부탁해도, 보여주지 않았다. 어미가 울까 봐
적잖이 걱정되었나, 생각했다. 처음 산이가 나온 꿈은
내 첫 자각몽이기도 했다. 알았다. 산이는, 내가
잠에서 깨어나면 사라진다.

　　　　일어나서 평소처럼 하루를 살았다. 이것저것
일을 마치고 집에 돌아와 창문을 열었다. 그리고
참았던 울음을 쏟아냈다. 얼굴 한번 보여주지. 그게
뭐가 그리 어렵다고. 나는 매일매일 너를 잊을까
두려워하면서도 너를 따라가고 싶을까 봐 너를
함부로 찾지 못하는데. 기왕 왔으면 얼굴 한번
보여주지. 몇 달 치 참았던 슬픔을 쏟았다.

　　　　이틀이 흐르고, 산이는 다시 꿈에 찾아왔다.
새로 바꾼 이불에서 청이 누나 혼자 뛰노는 게 질투가

났을까. 어느새 찾아와 방방 뛰며 이불 곳곳을 박박
긁고 일으킨 먼지를 사냥했다. 산이가 어릴 때처럼,
우리가 웃음만 나누었을 때처럼, 내가 가장 행복했던
순간처럼, 산이는 이불 위에서 신나게 뛰놀았다.

"얼굴 보여줘서 고마워, 산. 너만 한
고양이는 다시없을 거야."

너만 한 고양이는 다시없을 거야. 그 말을 몇 번이고
해주고 조그마한 입에 수십 번 입을 맞췄다. 고릿한
산이의 냄새가 났다. 그리웠던 산이 냄새. 잊은 줄
알았던 냄새. 사랑해. 사랑해, 산이야. 고마워. 고마워.
엄마 얼굴 보여줘서 고마워. 행복한 시간을 줘서
고마워. 이번에도 일어나면 산이가 없을 걸 알았지만,
울지 않았다. 내가 태어나서 꾼 가장 행복한 꿈이었다.

연(緣)에 대해 생각한다. 나에게 연은
언제나 억지로 이어 붙이고 놓치지 않으려 붙들고
있다가, 이내 내 손아귀 힘으로 끊기는 실이었다.
그래서 더욱 믿고 싶지 않은 개념이었다. 그저

선조들이 믿어 온 토속적 풍습에서 기인한 단어라 치부했다. 산이가 꿈에 찾아온 후, 내 연의 실의 반대편을 붙잡고 있는 많은 이들에 대해 생각했다. 산이는 분명 내가 끊어졌다고 생각한 실을 거슬러 나에게로 찾아왔다. 세상에 영원히 혼자 남을 것 같았던 내 영혼에 조그마한 소망이 생긴다. 어쩌면 쥐고 있는 실의 끝에 나의 연이 있지 않을까, 하는.

색의 이면

마크 로스코[2]의 작품을 처음 접한 건 미술에 막 관심을 가지기 시작한 시절이었다. 정교함이나 사실적인 표현보다 추상적인 작품들에 더 눈이 가던 때에 몇 가지 색의 병치와 화합으로 캔버스를 채우는 로스코에게 상당한 매력을 느꼈다. 노란빛과 주황빛의 사각형이 만나 화합을 이루는 모습이 해넘이 같기도, 해돋이 같기도 했다. 혼자 타지 생활을 하던 마음에 따스함을 비췄다.

로스코는 자살했다. 오랜 우울증 때문이라고 했다. 몇 년이 지난 후, 그림에 관심이 생기게 되고 그 사실을 배우게 되었을 때, 나는 내 지인을 잃은 것처럼 슬펐다. 로스코는 따뜻함을 주고 싶었던 게 아니라

―――――――――――――――――

[2] 러시아 출신 미국의 추상표현주의 화가.

갖고 싶었던 걸까. 그의 색은 화합이 아닌 대립이었나. 캔버스의 이면은 관중을 사실에 가장 가까이 데려감과 동시에 사실에서 가장 멀어지게 한다.

'모르는 게 약이다.' 이 말을 참 싫어했다. 뭐든 알아야 직성이 풀리는 성격에 지적 허영심이 가득한 이기적인 사람에게 혐오스럽기 그지없는 문장. 패기 넘치던 그때에는 더욱 그러했다. 그러나 패기와 오만은 종종 무지로 이어진다. 내가 싫어하는 모든 것이 틀린 건 아니다.

모든 것의 이면을 들추지 않겠다고 결심한 때도 이때쯤이 아닐까 싶다. 호기심이 많은 나는 모두의 내면을 들여다보고 싶어 했고, 모든 것의 이유를 알고 싶어했다. 그래서 사랑이라 생각했던 욕정에, 우정이라 생각했던 이해(利害)에, 배움이라 생각했던 까발려짐에 쉴 새 없이 넘어졌다. 묻고 나면 마음에 돌이 얹히는 질문들. 최대한 그것들을 피하려 했다.

그러다 보니 막상 물어야 하는 질문을 묻지

못했다. 꼭 알아야만 하는 것들과 꼭 알지 않고 덮어 두어야 하는 것들의 경계가 흐릿해졌다. 그 말은, 내가 무얼 원하는지, 무얼 궁금해하고 무얼 얻어야 하는지 알 수 없다는 말과 같다. 또 그 말은, 나를 정의하는 나의 성향과 취향에 관해 탐구하기를 멈추었다는 말과도 같다.

당신을 왜 좋아하냐는 질문에 쉽게 답을 하지 못한 이유도 여기에 있다. 손끝에서 피어나는 꽃들에서는 향기가 날 것 같았다. 단색의 콘테로 저런 생기를 표현할 수도 있구나. 장난스럽게 쓱쓱 움직이던 손을 멍하니 바라보다 부끄러움에 얼굴이 붉어지기도 했다. 나는 알 수 없었다. 당신을 좋아하는 건지. 당신의 재능에 매료된 건지. 혹은, 내가 가지지 못한 무언가를 향한 동경인지.

확신이 없는 질문은 단단한 결과로 이어지지 않는다. 너무 많은 힘과 시간을 당신에 대한 감정을 정의하려 쓴 탓일까. 나는 내 마음에 대해 말하지 못하고 당신 주위에서 맴돌며 당신을 '감상'했다. 그 행위가 얼마나 부적절한 행동인지 인지하지 못할 정도로 나는 당신에게 빠져 있었다.

불편함에서였을까 아니면 호기심에서였을까. 자기를 왜 좋아하냐 물었다. 여름에서 가을로 넘어가는, 반소매를 입지만 카디건을 챙겨야 하는 때쯤이었다. "신기해요." 이렇게 답했다. 내 감정도, 당신의 존재도, 당신 앞에만 서면 폭죽처럼 터져버리는 수십 개의 생각도 나에게는 그저 신기했다. 나에게는 가장 마땅한 답이었고, 당신에게는 가장 마땅하지 못한 답변이었겠다.

"저는 제 일을 사랑해요." 명확하고도 분명한 거절이 돌아왔다. 실망감이 들거나 슬프지는 않았다. 솔직하게 말해준 당신이 고마웠고, 일을 사랑하는 당신이 멋졌다. 캔버스의 이면은 나를 사실에 가장 가까이 데려감과 동시에 사실에서 가장 멀어지게 한다.

소리

내가 너를 흔든다는 말에, 오히려 몸을 떤 건 나였다. 꽤 오랜 시간 기다려 왔던 말. 많은 날을 그 조용한 가슴에 돌을 던지며 보냈다. 차라리 화라도 내라고. 어떤 말이라고 해보라고. 왜 그렇게 조용하다 못해 고요하냐고. 미동도 없던 고요한 연못 같은 사람이 나에게, 마침내, 흔들린다는 소리를 한다.

분명하고 정확한 의사소통의 수단인 말로 나에게 마음을 전했음에도, 나는 너에게서 진심을 찾지 못했다. 진동하는 심장은 언제나 그렇듯 나의 것이었다. 숨소리조차 조용한 사람의 입에서 나온 말은, 이내 힘을 갖지 못하고 내 앞에 덩그러니 떨어졌다. 언제나 그렇듯 선택은 내 몫이었다. 그 흔들리는 마음을 잡아달라는 것인지, 아니면 흔들리지 않게 자기를 떠나라는 것인지에 대한 답은 내려주지 않았다. 단지,

네가 내 눈을 보지 않을 때, 나는 비에 맞은 강아지처럼 바르르 몸을 떨었을 뿐이었다.

항상 이런 식이었다. 조용함을 가장해 모호하고 애매한 마음을 전했다. 그 핑계로 우리는 많은 시간을 함께할 수 있었지만, 내가 원하는 방식으로는 아니었다. 이성과 감성의 경계선만을 걷고 싶어 하는 사람과, 이성을 뛰어넘고 싶은 사람의 거리감은 좀처럼 좁혀지지 않았다. 그 거리를 좁히려고 건넨 말일까. 판단해 버리는 것도 지쳐버린 나는 몸을 떨고, 대답 없이 술 한 모금을 들이켰다.

잡은 손에서는 아주 옅은 온기가 느껴졌다. 참 너답다고 생각했다. 뜨겁지도 차갑지도 않았다. 미지근한 온도의 손으로 나의 차가운 손을 잡았다. 미동도 없던 사람에게서 나온 그 제스처는 애정보다 선의에 가깝게 느껴졌다. 나는 더 이상 떨지 않았다. 가만히 손을 잡고 바라봤다. 조금 더 꽉 잡는 너를 보며, 내눈이 사랑을 말한다고 생각했다. 실은, 내 바라봄은,

지나간 추억들의 회상이었으며, 앞으로도 이렇게 미지근할 거라는 확신이었다. 나에게 더 이상 결정을 내릴 힘이 남아 있지 않다는 포기였다. 그럼에도 이 마지막 순간을 오래도록 기억하고 싶은 의지였다.

조심히 손을 빼고 가야겠다고 말했다. 착한 사람. 너무도 착한 사람이어서, 이번에도 내 의견을 따랐다. 조심히 가라고, 그렇게 말했다. 붙잡지 않았다. 다음을 기약하지도, 가지 말라는 소리도 하지 않았다. 여전히 맞닿은 손이 무얼 뜻하는지 몰랐다. 따뜻하고 건조한 손가락에 맞닿은 내 손끝은 몇 분 사이에 차가움을 잃었다. 지겨워. 나는 너의 이런 애매함이 지겨워. 지독한 평화주의가 지겨워. 견딜 수 없으니 나는 가야겠다.

마지막이 될 줄 알았던, 혹은 그래야 한다고 결심했던 밤은 마지막이 아니었다. 너의 모호함과 애매함에도 너를 향한 나의 애정은 멈출 줄을 몰랐다. 부는 가을바람에 너의 향기가 나는 듯했고, 나는 그럴 때마다 맞잡았던 손의 냄새를 맡았다. 간간이 전해오는 안부는 고문이자 희망이었다. 애매함과 모호함이 가학이 되는 시점이 지나고서도 나는 그 잔인함을 사모했다.

다시금 매미 소리가 들리지 않을 무렵이 되었다. 그동안 나도 너도 몇몇의 다른 사람들과 밤을 함께 했다는 걸 알고 있다. 우리의 실타래는 얼마나 얽혀있는 걸까. 계절을 돌고 돌아 우리는 서로를 다시 찾는다.

독이 되는 관계라며 내 사람들이 돌을 던졌다. 애정으로부터 시작된 조언이, 그 파동이 이제는 내 마음을 흔든다. 그러나 알고 있다. 우리가 언제 독을 사랑하지 않았던가. 결국에는 나누는 울음과 술 몇 잔과, 진심인 듯 진심 아닌, 혹은 그 반대였던 미소를 사랑하지 않았던가. 깊게 베여 속이 꼬인 사람들의 사랑은 이렇다. 서로의 상처를 비비다 보니 교접되지 않아야 할 줄기가 하나로 엉킨다.

괴로우면 쇳소리를 내어주렴. 고통에서 해방된
쾌락의 소리를 듣는다면, 나는 갈라져도 괜찮겠다.

마지막

마지막 날에는 이병률의 시집을 읽었고, 디카페인 커피를 마셨고, 괜스레 배터리가 남아있는 자동차를 충전했으며, 찬 바람을 얼굴로 맞았다. 마지막 달. 마지막 날. 시간에 새로운 숫자를 더하고 지난 숫자를 지우는 달. 거리의 불빛은 화려해지고 우리의 거리는 멀어졌다.

지난날들이 꿈일 거라 자꾸만 되뇌었다. 별거였던 날들을 별거 아니게 만든 몇 마디의 말들을 덤덤하게 건넸고, 들었고, 돌아오는 길이 기억나지 않았고, 집에 와 옷도 갈아입지 않은 채, 뜨거운 얼굴로 이부자리를 정리했다.

깊게 애정했던 사람. 왜 하필, 안 그래도 화려한 안녕과 초라한 안녕이 많은 마지막 달에 떠났어야 했는지는 모르겠다. 붙잡지도 못할 거면서 모진 말들을 왜 내뱉었는지도, 아직까지 왜 행복을 응원해 주지 못하는지도 모르겠다. 가끔 왜 꿈에 나오는지. 살던 동네에 들를 때면 왜 그렇게 생각이 나는지. 아직 피부가 하얀 그 친구와 계속 만나는지. 왜. 무엇이. 나는 부족했던 건지.

다시 한번 자존감이 바닥을 치고, 바쁜 일에 답답한 마음을 풀러 바다를 가지 못할 때는 벽에 머리를 박았다. 정신 차려. 정신 좀 차려. 일어나야지. 또 살아가야지. 웃어야지. 예쁘게 웃고 예쁘게 마음먹고 아름다운 말을 뱉어야지.

핸드폰에 한파주의보가 울렸다. 나랑은 관련 없는 일이라 생각했다. 활자와 싸우는 삶. 그가 없으면 집에서 글을 읽고, 글을 외우고, 글을 쓰고, 살기 위해 밥을 먹고, 살기 위해 잠을 자고, 살기 위해 마음을 닫아버렸다. 뭐 그리. 뭐 그래. 한두 번 겪는 일도 아니고 뭐 이래. 또다시 활자와 고양이와 흔들리는 자

아와 함께 이불 속으로. 내 세상 안으로. 뭐, 그래. 행
복해. 행복하지. 등이 따습고, 내 고양이의 털도 따습
고.

　　　어느 날의 누군가는 내가 외로운 사주를 가
지고 있다고 했다. 남편 복, 남자 복 없는 팔자라 혼자
열심히 살아서 잘 먹고 잘살아야 한다고. 잘 살면 좋
은 거잖아요. 저는 필요 없어요, 남자가 먹여주는 밥.
그렇게 말했었다. 누구였지. 한번 찾아가 보고 싶은데.
찾아가서 말하고 싶은데. 맞아요. 저 먹여 살려 줄 사
람은 필요 없는데요, 남자도 그리 필요 없는 것 같은
데요, 그는 필요해요. 잊을 수 없을 것 같아요. 살아는
가겠지만요. 그래도 알고 싶어요. 정말 우리의 인연이
끝났나요.

그래서 우리의 인연은 끝난 건가요. 마지막 달이에요.
마지막 달이 지나도 마지막 날을 기억해 주려나요. 예
쁜 추억은 잊어도 아팠던 날은 잊지 않았으면 좋겠는

데요. 많이 남았으면 좋겠는데요. 그래서 행복하지 않았으면 좋겠는데요. 그래요. 내가 부족하지요. 부족해서 그랬겠지요. 첫날에는 이렇게 말해주고 싶었어요. 해피 뉴 이어. 해피 뉴 이어! 당신과 함께해서, 너무나 행복한 새해라고.

죽음이 우리의 순간을 비껴가도록

나는 죽음이 얼마나 변덕스러운지에 대해 잘 알고 있다. 내가 병에 걸려 죽는다고 했을 때, 나는 꽤 담담히 신변을 정리했다. 돈을 어디에 어떻게 넣어 놓았는지, 가지고 있는 자동차는 누구한테 연락해서 팔면 되는지, 보험금은 어디에서 받으면 되는지 리스트를 적어 동생에게 건넸다. 담담했던 나와는 달리 그렇지 못했던 동생은 급성 위경련으로 응급실로 향했다. 다들 죽는다고 했었는데. 나는 살았다.

그렇게 다시 주어진 삶은 꽤 당황스러웠다. 모든 걸 정리했는데. 이게 끝일 줄 알았는데. 살면서 더 해보고 싶은 것도 남지 않았는데. 내가 살았다. 다시금 일을 해야 했고, 먹고 살 걱정을 해야 했고, 일 년을 넘게 쉬며 단절될 경력에 대해서도 생각해야 했다. 그리고 그 변덕스러운 죽음은 나의 고양이 산이에게 갔다. 신부전이 왔어도 나름 잘 버티고 있다고 생각했는데. 비가 유난히 많이 오던 초겨울날, 산이는 떠났다. 죽고 싶은 사람은 데려가지 않고. 살고 싶은 생명을 앗아가는 죽음이 나는 미웠다. 그때부터 죽음이 싫었다. 죽음의 얼굴을 마주 보면 몇천 번이고 구역질할 수 있을 것 같았다. 죽음의 얼굴을 아주 오랫동안 마주하고 싶지 않았다. 물론, 미치도록 살고 싶었다는 이야기는 아니다.

　　　그러나 알고 있다. 잘 먹고, 잘 자고, 운동하고 건강하게 살려고 노력하지만, 언제든 죽음은 또다시 변덕을 부릴 수 있다는 것을. 그래서 말해야 했다. 다시 사랑 같은 건 하지 못할 것 같다고 생각한 나에게 그가 찾아왔을 때, 주저 없이 당신을 좋아해요. 당신을 사랑하고 싶어요. 아주 오랫동안 함께하고 싶어요. 망설임 없이. 두 눈을 똑바로 응시하며. 아주 분명하게. 죽음이 우리의 순간만큼은 비껴가도록. 이야기해야 했다. 입으로 급하게 감정을 게워 낸다. 나와 같다면 고맙고, 아니면 어쩔 수 없는 거다.

　　　마음의 '속도'에 대해 많이들 이야기한다. 혹자는 속도가 아닌 크기를 논하는 게 적당하다고 했고,

또 다른 이는 그 속도 때문에 만남을 결정하기도, 헤어짐을 결심하기도 한다고 했다. 서로의 마음이 '맞는다'라는 것의 단위가 세워지지 않는다. 알기 어렵고 알지 못한다. 그런 마음 둘이 합쳐져 공명한다는 건 얼마나 기적 같은 일인가.

투덕거린다. 투덕거림이 마치 창밖을 두드리는 빗물과 같다. 쉴 새 없이 퍼붓고, 쓸데없이 시끄럽다. 축축하고, 넘칠 것 같고, 깨끗하게 내려와 하수가 된다. 다툼은 언제나 여름의 장마와 닮아있다. 생각해보면 별것 아닌 일인데, 양보가 없다. 한 발짝도 물러설 수 없다는 듯이 날을 세운다. 한 번쯤 양보하면 어떻다고. 그게 뭐 그렇게 자존심 상하는 일이라고. 한참을 씩씩거리다 보면 우리가 만난 게 얼마나 기적 같은 일인지를 잊어버린다. 감정이 가라앉지 않아 뜨거운 등을 마주 대며 누워 있다, 급히 기적 같던 날들이 상기되면, 이내 돌아누워 상대의 눈을 본다.

미안해. 미안해. 미안해. 미안해.

우리는 얼마나 부족한 동물이기에 자꾸만 좋은
걸 먼저 잊어버리고 나쁜 것만 오래 기억하는지.
미안해. 미안해. 내가 부족해서 그래. 미안해.
순간만큼은 진심일 말들을 또 쏟아내고, 죽음과 같은
변덕을 생으로 바꾸어 본다. 그제야 도는 생기에
또다시 미소 짓고, 가끔은 게워 내지 않아도 되는
감정도 있다는 걸 배운다.

가을맞이

    슬픈 노래를 좋아하지 않는다. 감성이 풍부한 사람들을 주위에 많이 둔 탓에, 자주 잔잔한 멜로디에 아픔을 노래하는 곡들을 추천받지만, 한두 번만 듣고는 도무지 재생 목록에 넣지 못한다. 괜스레 눈물만 나는 서정적인 노래들. 기분이 울적해지는 노래를 왜 찾아 들어야 하는지 모르겠다.

    대부분은 걸그룹의 청량하고 발랄한, 사랑을 노래하는 곡들을 좋아한다. 밝은 목소리의 노래들을 들으면 없던 힘이 나는 것 같기도 하고, 세상에는 무한한 사랑이 존재할 거라는 믿음을 가진 판타지 소설의 주인공이 된 것 같기도 하다.

    최근 만든 재생 목록에는 딱 한 곡의 슬픈 사랑 노래가 자리한다. 우리가 같이 보냈던 밤, 너는 사랑을 쉽게 포기하지 말라는 가사의 노래를 턴테이블에 올렸다. 왠지 나는 그 노래 가수의 서정적인 목소리와 가느다랗게 떨리는 심벌즈의 소리가 이미 끝난 사랑에 관해 이야기한다고 생각했다. 너와의 시간이 지나간 지금도 그 노래를 아직 놓지 못한다.

어떤 노래를 틀까, 라는 질문에 대답하지 않았던 건, 너의 취향을 알고 싶었기 때문이기도 하지만, 어떤 노래여도 상관없기 때문이기도 했다. 너와 나누는 대화가 음악이었고, 우리가 잔을 부딪치는 소리가 노래였다. 창문으로 들어오는 바람과 피부가 맞닿는 소리는 공간을 채우기에 충분했고, 마음을 채우기에 풍족했다. 평소 거슬렸던 창밖의 차 소리도, 의자가 움직일 때마다 나는 끼익 소리도, 신경 쓰이지 않았다. 그 공간에서 우리가 내는 소리는 아름다웠다.

순간도 녹음이 된다면 얼마나 좋을까. 한순간의 음표도 놓치지 않고, 미끄러져 플랫을 눌러버린 웃음 가득하던 순간도 빠짐없이 기록되었을 텐데.

한동안은 네 향기를 기억했었다. 길을 지나다 문득 뒤돌아보기도, 네 향기와 비슷한 냄새를 풍기는 공간에 자주 들락거리기도 했었다. 그런데 나, 이제 그 향기가 기억나지 않는다. 너의 조곤조곤한 목소리도 점점 멀어지는 것 같다. 기억이 나는 건 장난스럽게 웃던 웃음과 만지작거리던 가는 손가락의 형태뿐이다.

운전을 하다 그날 밤의 노래가 나왔다. 깔끔하게 정리된 손톱을 생각했다. 나보다 보드라웠던 손의 모양새가 참 예뻤다. 우리가 어떻게 마지막을 맞았더라? 이유가 뭐였더라? 그때 한 결정이 다른 것이었다면 우리는 같이 이 노래를 듣고 있을까? 되돌릴 수 없는 순간을 생각하며 자그마하게 미소를 지어본다.

손이 참 예뻤다. 기억의 대부분은 우리의 마지막이 아닌 절정이다. 예뻤던 손. 자그마한 숨소리. 악기를 어루만지는 장인의 손처럼 나를 연주하던 강단 있지만 부드러운 손길. 하얗던 얼굴과 그늘진 눈빛.

미련이 남지는 않았다. 종종 안부가 궁금하기는 하지만 분명 우리가 떨어지기로 한 결정에 나름의 이유는 있었을 것이고, 나는 그때의 우리는 믿는다. 다만 아름다운 추억은 두고두고 회상하고 싶다. 매년 찾아오는 가을의 색에 아름답다는 수식어를 매번 붙일 수 있는 것처럼, 우리의 추억을 언제라도 아름답게 맞이하고 싶다.

백일홍

친구가 들에서 찾은 풀은 아름다운 모습만큼 달콤한 향기를 내뿜는 모양인지, 끊임없이 벌과 나비가 주변을 맴돌았다. 달콤한 향기를 온몸으로 들이켜고 싶었지만, 알레르기로 기관지가 퉁퉁 부을 걸 생각하니 멀리서 바라보는 것만으로 만족했다.

사랑하던 사람의 목덜미에서는 달콤한 냄새가 났다. 거칠게 생겨서는. 어울리지 않게 달콤한 향기가 웬 말이야. 신기해서 자꾸만 자꾸만 냄새를 맡다가, 이내 코는 귀 뒤로, 머리카락 사이로, 미간으로. 그 느낌이 나쁘지 않은지, 간지러움을 참는 귀여운 눈썹 위에 입술을 살포시 올려두고 괜스레 장난기가 발동해 오랫동안 떨어지지 않았다.

"숨 막혀. 그만해." 까르르 웃던 그의 웃음에

더 크게 웃으면, 복수를 하려는 듯 나를 꽉 껴안고 간지럽히던 예쁜 손이, 얼굴 위로 쏟아지는 부드러운 머리카락이, 좋았다. 들꽃처럼 분홍의 얼굴을 띠고는, 참을 수 없는 감정에 몇 번이고 이름을 불렀다. 그러면 내 머리카락을 귀 뒤로 넘겨주고, "나 여기 있어." 자그맣게 답했다.

그리고 오랫동안 그는 그곳에 없었다. 사실 알고 있었다. 나를 만나기 전 만났던 사람을 잊지 못하고 있었다는 걸. 나에게는 허락되지 않았던 그의 공간이 그녀에게는 허락되었었다는 걸. 아름다운 사람이라는 걸. 멋있는 사람이라는 걸. 그래서 쉽사리 잊지 못하는 그의 모습이 이해되면서도 안쓰러웠다.

"연애 생각 없다고 하더라." 같이 알던 친구는 기울이는 술잔에 말을 더했다. "그렇구나." 무미건조하게 답했지만, 이렇게 시간이 지난 지금에도 혹여 그녀를 생각하는 건 아닐지 하는 생각이 스쳐 마음이 쿵 하고 떨어졌다.

쿵. 괜스레 맥주를 벌컥벌컥 들이켜고는 상에 쿵. 나에게 했던 행동들은 진심이 아니었던 것 같아. 그녀를 잊기 위한 수단이었던 것 같아. 가벼운 놀이었던 것 같아. 그래도 괜찮아. 괜찮은데, 넘어가는 탄산만큼 가슴이 따갑다. 욱하는 감정에 핸드폰을 들어 아직 즐겨찾기 목록에 있던 그의 번호를 만지작거리다 다시 핸드폰을 쿵. 그래. 무슨 소용이야. 무슨 의미야. 달콤함을 한껏 마시면, 또 알레르기가 돋아 눈물 콧물 펑펑 쏟고 말겠지.

그의 연인을 마주한 적이 있다. 새카맣고 긴 머리카락. 동양적이면서 관능적인 얼굴. 누구에게도 질 것 같지 않은 강한 인상을 가졌지만, 상반되는 사근사근한 말투와 친절함에 금세 친한 친구가 될 수 있을 것 같은 사람이었다.

나와 비슷한 점을 찾아 몸을 훑었다. 아담한 키에 하얀 살결. 조용한 몸짓에서 묻어나오는 고상함은 나와 거리가 멀었다. 자꾸만, 나와 다른 점만 눈에 보였다. 그래서 멋졌다. 내가 가지고 있는 걸 가지지 않은 부러움이 마음에 찼다. 어떤 노력을 해도, 나는 그녀와 같은 분위기를 풍길 수는 없을 것 같았다. 그의 사랑이 타당하다고 생각했다.

　　　깊게 숨을 들이마신다. 향기가 없는 내 방에서, 크게 심호흡 한번 해본다. 단단해진 심장으로는 더 이상 설렘을 마주할 수 없을 거라는 절망을 날숨에 보낸다. 곱씹던 이별이 날린다.

천칭자리

뜻깊은 일을 하거나 간절한 소망이 있는 자
는 신들이 하늘의 별자리로 만들어준다.

- *그리스 로마신화*

뜻깊은 아이였다. 오래도록 메마른 마음에
단비처럼 내려온 아이. 나보다 몇 살이 어리지만 깊게
성숙한 탓에, 뱉는 말이 유독 진중해 쉽게 다가갈 수
없었다. 사색을 즐기는 모습에 호기심이 갔고, 뭐든
조심스러운 손길에 눈길이 갔다. 다가가고 싶은 마음
이 컸지만, 괜히 그의 섬세한 감성을 흐트러트리고 싶
지 않아 멀리서 오래 지켜보기만 했다.

서로의 장벽이 무너진 건 한순간이었다. 밤
이 더 이상 덥지 않은 어느 여름 끝에서, 우리는 손을
잡았다. 마치 이렇게 될 걸 알고 있는 양, 너무 자연스

럽게 서로를 안았다. 따뜻한 체온이 좋았다. 여름에도 찬 손발을 가지고 있는 나와는 다른 온도라는 게 설렜다.

　　　그 아이의 몸에서는 고소한 냄새가 났다. 우유 냄새나 아기 냄새보다는 진하고, '체취'라 표현하기에는 부드러운 냄새가 나는 살에 코를 갖다 대고 있으면, 그 애는 간지러움을 참았다. 숨이 닿는 느낌을 좋아하는 것 같았다. 그 애의 목에 나 있는 점 몇 개를 연결하면 별자리를 만들 수 있을 거라는 핑계로 몇 번이고 목을 훑었다.

　　　"익숙한 향기가 나서요. 그래서 좋아해요." 그 아이를 궁금해하는 사람들에게는 이렇게 말하고는 했다. 나는 정말 그 아이를 좋아했다. 연락이 잘 안되는 때에도, 화를 낼 때도, 다른 사람과 눈빛을 주고받는 걸 알면서도 나는 그 아이가 예뻤다. 실로 천칭자리를 닮았다. 한쪽으로 스러지지 않는 저울. 일과 생활이 중요한 사람은 쉽사리 나에게 기울지 않았다.

그래도 좋다고 생각했다. 우리는 살아있으며, 종종 체온을 나누고 시답지 않은 말에 웃고는 했다. 단 걸 좋아하는 나를 위해 과일이나 디저트 따위를 같이 먹어주고는 했고, 칠칠치 못한 내 옷매무새를 정리해 주기도 했다. 그거면 되었다고 생각했다. 특별한 사랑도, 독점적 관계도 원하지 않았다. 가끔 질투도 났지만, 나는 그 아이가 아름다운 만큼 많은 사람에게 사랑받았으면 좋겠다고 생각했다. 나를 뜻깊게 생각해 신이 그 아이의 목에 별자리를 선물한 거라는 실없을 소리를 하기도 했다.

그 아이와 나의 관계가 끝난 건 나의 의지였다. 관계가 힘들어서도 아니었고, 그 아이가 싫어져서도 아니었다. 그저 내 일이 바빠졌고, 내 건강과 생활에 집중해야 하는 시간이 필요했다. 자연스레 뒷전이 된 연락에 그 아이는 재촉하지 않았다. 기적적이지만 당연하다고 치부해 버렸던 아름다움은 그렇게 나에게서 멀어져 갔다.

그 아이를 다시 마주한 건 일 년 정도가
지나서였다. 문득 길을 걷다 부는 가을바람에 그
아이가 생각이 나 들었던 카페에서 우연히 마주쳤다.
전보다 짧아진 머리. 내가 알던 모습과는 달랐지만,
골똘히 사색에 잠긴 모습은 여전했다. 인사도 없이
머리를 쓰다듬었다. "긴 머리가 좋았는데." 놀라지도
않고 나를 쳐다보고는 환하게 웃었다. 잘 지냈냐는
식상한 안부는 묻지 않았다. 미소를 나눴고, 빵
하나를 시켜 그 아이에게 가져다주었다. 휴지 조각에
새로운 나의 번호와 촌스러운 문구를 하나 적었다.
'우리의 겨울이 따뜻했으면 좋겠다.'

보금자리

'향기'라는 이름은 건너편 가게 간판에서 따왔다. 애옹이라 불리던 털북숭이 손님에게 친구가 붙여준 이름. 생긴 건 범같이 생겨서는, 하는 짓은 꼭 아기 같아서, 가게 문을 열면 줄곧 따뜻한 방석에서 해를 맞으며 애교를 부리다 잠이 들고는 했다.

향기는 길의 생태에 적응하지 못하는 듯했다. 가게 테라스에 놓아둔 사료는 친구 고양이들의 차지였고, 몇 번의 하악질에도 지레 겁을 먹는 향기는 또래에 비해 작은 체구를 가지고 있었다. 자기를 돌봐주는 사람인 걸 알았을까. 혹은 험악한 길의 생태계를 피해 새로운 보금자리를 찾고 싶었던 걸까. 향기는 가게 개점 시간만 되면 주인보다 먼저 닫힌 문 앞에 앉아 있었다. 그렇게 하루를 사람들과 보내다, 마감 시간이 되면 밖으로 나갔다.

어느 겨울날, 향기가 걱정된 친구는 가게 안에 전기장판까지 틀어 놓고 향기가 떠나지 않기를 바랐지만, 향기는 기어코 문을 나섰다. 자기 자리를 안다는 듯. 나는 너희와 함께 할 수 없다는 듯. 향기는 차가운 아스팔트 길로 말랑한 발을 디뎠다. 괜찮은데. 보금자리 삼아도 괜찮은데. 혹시 향기가 아프지는 않을까 친구는 따뜻한 이불을 밖에 두고 퇴근하는 게 버릇이 되었다. 허락된 보금자리도 드나들지 못하는 향기의 이야기가 어찌나 가슴 아프던지. 한껏 똬리를 틀고 가게 구석에서 잠든 향기의 사진을 보며 나는 한참을 울었더랬다.

어느 순간부터 마음의 보금자리를 마련하는 게 쉽지 않다. 누구에게 기대는 것도, 누가 기대게 마음을 내어주는 것도 쉽지 않다. 연애는 왜 하지 않냐는 질문에 종종 혼자가 편하다 말하지만 실은, 향기처럼, 사랑하고 사랑받을 자격이 없다고 생각했다.

"왜 나 같은 사람을 만나야 해. 내 친동생이

라고 생각해 봐. 나는 나 만나는 거 반대야."

사지 멀쩡하고 자기 일 똑 부러지게 하는 사람들이 얼마나 많은데. 날이 추워져도 감기 한 번 안 걸리고 겨울을 난다는 사람들이 얼마나 많은데. 뭐 하러 아픈 애를 만나. 뭐 하러 그 책임을 져. 왜 그렇게 힘든 사랑을 해야 해. 결혼하기 싫으면 연애라도 하라는 가족의 말에 나는 또 불효를 내뱉었다.

더위가 가실 때쯤 찾아왔던 사람은 나에게 모든 게 괜찮다고 했다. 몸이 아파도, 마음이 아파도 괜찮다고 했다. 괜찮아질 거라 말했었다. 다부진 몸에 생활력 강한 사람이니 그래, 이 사람이면 내가 마음 놓고 사랑해도 되겠다고 생각하다가도, 좋은 사람이기에 나랑은 맞지 않는다고 생각하고는 했다. 변덕을 부리는 내 마음에도 굳건하게 기다려주던 사람에게 나는 답하지 않았고, 그렇게 내 보금자리였을지도 모르는 사람을 떠나보냈다.

오만이었을까. 그랬을지도 모르겠다. 상대

의 마음과 책임감을 내 마음대로 재고 따져서 수식으로 만들어 버린 걸지도 모르겠다. 건방지게. 주제를 알지 못하고 함부로 나를 감당할 수 없을 거라고 잘난 척한 건지도 모른다. 문 열어 두었으면 그냥 따뜻한 가게 안에서 자지. 뭐가 좋다고 자꾸만 겨울의 차가운 길로. 차가운 길로.

한참 내 마음을 들여다보고도 아직 모르겠다. 나는 사랑이 무서운 건지, 하고 싶지 않은 건지 혹은 그냥 건방진 건지. 빠른 답을 찾기를 원하는 것은 아니다. 슬슬 찬 바람이 분다. 겨울이 온다. 언젠가의 겨울에는 당당히 몸 뉠 담요 하나 얻었으면 좋겠다.

결과 곁

　　　　한 번도 계절을 탄다고 느낀 적 없다. 적어도 이번 겨울이 오기 전까지는 그랬다. 기분이 언제나 좋았다는 얘기는 아니다. 오히려 반대라고 말하는 게 정확하겠다. 십 대부터 앓아왔던 우울증은 계절에 상관없이 그 자리에 있었다. 남들보다 조금은 낮은 자리에서 계절의 변화를 지켜봤다. 낮은 곳에서는, 부는 찬바람이나 뜨거운 햇살이 기분에 영향을 주지 않는다.

　　　　회사를 정리하고, 새로 글 연재를 시작하며 어느 정도 내 삶의 결이 잡혔다. 더불어 안정감도 생겼다. 닥치는 크고 작은 고비들은 한 번쯤 일전에 경험해 보아 새롭게 느껴지지 않았고, 그만큼 기쁜 일에 크게 기뻐하는 일도 줄었지만, 슬픈 일에 크게 슬퍼하는 일도 줄었다. 드디어 잔잔한 사람이 되어가고 있다고 생각했다. 어른이 되었다고 생각했다.

그러다 버릇처럼 "외롭다"라는 말이 입에 붙었다. 오가는 인연들에서는 흥미를 느끼지 못했고, 삶이 안정되었기에 다른 안정을 찾아 떠날 필요도 없었다. 가족들과 살고 있어서인지 가정을 꾸리고 싶은 생각은 없었고, 일이 바쁘니 연애 생각도 딱히 없었다. 그런데, 그래서, 자꾸만 외로웠다. 자꾸만 혼자였다.

공허하다는 마음이 들면 낯선 이와 너무 쉽게 친구가 되기도 했다. 알아갈 틈도 주지 않고 따뜻한 체온에 감싸지기를 원했던 날들에서는 허무함이 따뜻함보다 우위를 차지했고, 그 속에서 나는 무료했다. 그 무료함이 상대를 알아간다고 해결될 것 같지는 않아서, 친구가 되었던 이들은 다시 지나가는 손님이 되었다.

지금쯤이면 눈이 와야 하는데. 겨울이라 부르기도 어색할 만큼 더운 날씨에 눈 대신 비가 내리는 어느 날엔 이렇게 적었다.

결을 내어주고 다른 결에 몸이 쓸려 상처가

날 때에도, 곡소리 대신 기쁨의 탄성을. 희열
의 눈물을.

나의 외로움은, 누군가를 옆에 두었다 다시 잃는 게
두려워 곁을 쉽게 내어주지 못해 내가 만들어 낸 보호
의 감정이다. 잘 알고 있다. 잘 알고 있지만, 과오는
인정하는 순간 바로잡아야 하는 것이 된다. 아직은 맞
닥뜨려 해결할 용기가 나지 않는다.

　　　곁을 내어주는 결심이 갈수록 어려워진다.
그러다 보니 곁에 남아 있는 사람들이 부쩍 소중하다.
'뭐해'라는 문자 한 통. 그냥 생각이 나서 했다는 전화
한 통. 엉엉 울며 말을 잇지 못하는 나에게 괜찮다고,
괜찮을 거라고 말해주는 친구의 나긋나긋한 목소리.
새벽에 예뻐서 찍었다며 날아온 바다 사진 한 장. 별
것 아닌 것 같은 별것들이 내 빈 마음을 채우고 하루를
살아가게 한다.

　　　여전히 마음의 문은 쉽게 열지 못하겠다. 평
생 어려운 일이었고, 앞으로도 웬만한 노력으로는 다

른 사람을 들일 수 없겠지만, 그래도 괜찮다고 생각한다. 축복 같은 사람들이 곁에 있는 덕에, 내 외로움은 안부 한 번 더 전할 수 있는 핑계, 그 이상도 그 이하도 되지 않는다.

기다리지 않아도 오는 사람과 아무리 기다려도 오지 않는 사람에 대해

기다리지 않아도 오는 사람과 아무리 기다려도 오지 않는 사람에 대해 생각한다. 어느 날은 모르는 사이 내 손을 잡고 있었고, 어느 날은 오지 않는 사람을 찾으러 놓은 손에 눈물을 보이기도 했던 여린 마음과 내려 쌓이지도 못하고 존재 자체도 모호한 싸락눈이 내리던 날에 매정하기도 뜨겁기도 했던 나의 마음을 회상하며 올해의 마지막 달을 지내고 있다.

다들 눈이 내리는 낭만적인 계절에 사랑을 찾아 나서기에 바쁘지만, 결이 맞는 사람을 찾을 만큼의 여력이 나에게는 없고, 추운 날씨에 자꾸 무너지는 체력과 겨우 버티고 있는 정신력으로 할 수 있는 거라고는 옛날 추억을 곱씹으며 나에게도 저 트리의 불빛처럼 찬란하고 아름다운 추억이 있었다는 것뿐이다.

M은 처음부터 나를 사랑하지 않았다. 나를 옆에 두는 자신을 사랑했다. 그리고 나도 그 사실을 아주 잘 알고 있었다. 무관심한 말투. 투박한 손길. 서러운 마음에 눈물을 보일 때만 겨우 한 번 돌아오는 눈길. 사랑은 아름다운 것이라고도 하고 아픈 것이라고도 하지만, M을 사모하는 건 고문이었다. 그러나 티눈도 밟다 보면 단단해지고 익숙해지는 법이어서, 나는 매일의 고통 없이 살 수 없는 사람이라고 생각했다.

M이 안녕을 고했을 때, 나는 아주 오래 울었다. 유난히 바람이 일찍부터 차던 겨울이었다. 하나 M의 부재는 나에게 긍정적으로 작용한 측면이 많았다. 도통 어디 있는지 알 수 없는 사람을 걱정할 필요도 없었고, 내가 부족하다고 탓하던 버릇도, M이 언제 만나자고 할지 몰라 아무와도 약속을 잡지 않는 버릇도 버렸다. M 대신 일이 내 삶을 채웠고, 덕에 많은 걸 이룰 수 있었지만, 이제는 일에 대한 집착이 내 발목을 잡는 듯하다.

　　　　무언가를 적당히 사랑하는 법을 모르는 사람에게 세상을 싱겁게 살아간다는 건 불가능에 가깝다. 무던해지려 부단히 노력했고, 관계에서만큼은 적당히 마음을 열어야지 결심한 것도 여러 번이지만, 사람의 천성(天性)이라는 게 진짜 있는 건지 타고난 성질을 바꾸기가 쉽지 않다. 하긴 세 살 버릇도 여든까지 간다는데, 타고 태어난 걸 어찌 쉬이 노력으로 바꿀 수 있을까. '적당히'가 안 되니 아예 시작하지 말아야겠다고, 자꾸만 돌아선다.

　　　　혼자인 시간이 길다. 오랜만에 나타난 호감이 간 사람 앞에서도 마음을 티 내지 않으려 애쓴다. 마음이 다른 곳으로 갈 때면 일로 눈을 돌린다. 일부러 개인 촬영을 잡기도 하고, 작가들과 자리를 가지며 차기작에 대해 고민을 나누기도 한다. 괜히 해이해진 마음으로 호감을 전할까 술도 마시지 않고 있다. 나름 자유롭고 알찬 삶이다.

　　　　그러다 문득, 열정적으로 사랑했던 나의 모

습이 그립다. 나의 관계가 건강하지 않았다는 것도 알고, 지난 사람과 연인이 되고 싶은 마음도 없다. 그래도 당시의 내가 아주 그립다. '사랑'이라는 단어 앞에서 처절한 패자였고, 생채기 난 마음의 피를 닦아가며 누군가의 아침을 행복하게 만들어주려 부단히 애쓰던 내가 그립다. 가슴이 없는 것처럼, 갑자기 추워진 날씨처럼 변해버린 나는 사람의 향기가 날 것 같지 않다. 사랑의 온도를 잊은 것만 같다.

화과(花果)

"무화과는 과일이 아니라 꽃이야."

그런데 왜 과(果) 자를 썼지? 덕분에 나는 꽃이 피지 않는 과일인 줄만 알았잖아. 나, 너한테 잘 보이고 싶었는데. 얕은 지식을 들켜버렸네. 아, 앞에 화(花)자가 있구나. 꽃의 과실이라. 너무나 아름답다. 너무나 아름답고 달고 맛있어.

　　나, 우리가 무화과 한 접시를 나누어 먹은 그날, 앞으로 많은 날을 함께 달콤함을 나누며 지내기를 바랐다. 그래서 짧은 내 지식이 너무 창피했어. 무화과의 과육처럼 발개지는 내 얼굴을 아마 들켰을지도 몰라. 씹어도 소리가 나지 않는 달콤한 과일에 어색함이 더 깊어지는 것만 같았다. 그래서 끊임없이 말했어. 달다. 참 달다.

정말로 달았어. 어디서 구해 온 무화과일까. 어디서 이렇게 아름답고 단 걸 구해왔을까. 내가 먹는 한입에 나는 과일을 물고, 너는 꽃을 물었다.

그래. 너는 항상 꽃을 물고 있었지. 봉우리처럼 마음 가득 말을 모아놨다가 필요한 말만 아름다운 목소리로 뱉었다. 꽃을 물고 있었지. 언어에서는 언제나 향기가 났어. 작은 속삭임으로도 나를 간지럽히고 웃게 했다. 덕분에 나는 꿀을 따려 날갯짓하는 나비처럼 너에게 다가갈 수밖에 없었다. 조금씩. 조금씩. 천천히. 꽃이 다치지 않게. 여린 잎에 상처가 가지 않게. 아주 조심스럽게. 그렇게.

그러나 나는 그 앞에 막상 다가선 후에도, 너의 수술에 앉지 못했다. 꽃가루가 흩날려 버릴 것 같았고, 그러면 너의 존재가 상할 것만 같았다. 아직 만개하지 않은 부끄러운 꽃이 혹시 나의 방문을 원하지 않는 게 아닐지 생각하기도 했다. 나비라면 다가가는 게 나의 일인데. 본능보다 생각이 앞선 걸 보니, 아마

나는 너의 나비가 아니었나 보다.

　　　아름다운 사람아. 이제는 무화과의 계절이 지나갔지만, 나는 네가 시들었을 거로 생각하지 않는다. 어떤 모습을 하고 있을지. 어떤 나비가 찾아갔을지 이제는 알 수 없지만, 내가 보았던 그 생기는 여전할 거로 생각한다. 부드러운 향기와 부드러운 꽃잎은 형태가 바뀌어도 부드럽고, 아름답겠지.

　　　아름다운 사람아. 나는 너의 나비가 아니었다. 혹은 나는 나비조차도 아니어서, 무화과가 꽃이라고 생각하지 못했던 걸 수도 있겠다. 낭만과 거리가 먼 나에게 무화과는 꽃이 없는 과일일 뿐이고, 너에게는 과일로 핀 꽃이었으니. 잔인하게 너를 꺾고 내 화병에 꽂아 바라보고 싶은 한낱 욕심 많은 인간이었을지도 모른다. 어쨌든 나는 그러지 않았고, 나는 너에게 앉은 것보다 너를 다치지 않게 했다는 사실이 더 마음에 든다.

　　　아름다운 어떤 것은 쉽게 잊히지 않지. 너의

모습도 마찬가지다. 부드럽게 꽃을 물던 입술이, 다정하게 물어오던 안부가, 자그마한 숨소리가 눈가와 귓가에 맴돈다.

　　　아름다움에 비친 나의 모습은 어떠했니. 한동안 나는 이 생각에 중독되어 살았다. 기대에 한참 미치지 못했으려나, 혹은 달콤함에 웃는 내 모습에 조금이라도 꽃잎을 떨었으려나. 후자이면 좋았겠다. 한철의 나의 오고 감이 작은 바람이었으면 좋았겠다. 지지 않을 아름다움에 조그만 떨림으로 지나갔어도, 난 그걸로 되었다. 달았다. 참 달았다.

제3장

푸른 등의 사람

향기

계절마다 쓰는 향수를 바꾸는 건 오랜 버릇이다. 새로운 계절을 새로운 마음으로 시작하자는 다짐이자, 다가올 몇 달에 대비한 심호흡이다. 바뀐 향기는 다른 분위기를 풍기고, 어떤 향이 이 계절을 채울까, 설레기도 한다.

찬 바람이 분다. 새로 향수를 주문할 때가 되었다는 뜻이다. 지난날과는 다른 향기를 품은 사람이 되어야지, 다짐해야 한다는 얘기다. 마침, 봐둔 향수가 있었다. 달콤한 과일 향이 가볍게 나지만, 베이스 노트에 사향 냄새를 지니고 있어 적당히 성숙한 느낌이 나는, 눈이 내리면 잘 어울릴 것 같은 느낌의 향수였다. 인터넷 쇼핑몰 장바구니에 한참을 담아뒀었다. 그만큼 원했지만, 결국 주문은 하지 않기로 했다.

덥지도 춥지도 않은 이 어중간한 계절이 오래갔으면 하는 바람이었는지도 모른다. 혹은, 한 번쯤은, 오롯이 나의 체취로 누군가에게 기억되고 싶다는 잠재된 욕망의 표출이었는지도 모른다. 정이 든 향기의 끝자락을 잡고 있는 미련인지도 모른다. 어떠한 이유로 나는 지금의 향을 그대로 가지고 가기로 했다. 바꾸지 않는 결정도 어찌 보면 새로운 것일지도 모른다는 정당성을 부여했다.

코를 톡 쏘는 후추의 향 끝에 남는 진하지 않은 꽃향기는 꼭 나의 지난날을 대변하는 듯하다. 아팠고, 슬펐고, 그래서 힘들었지만 그랬기에 아름다웠던 나날이 들숨에 지나간다. 독특한 톱 노트의 첫인상과 흔하디흔해 빠진 꽃향기의 잔향. 지금의 향수는 나와 많이 닮았다.

살랑이는 바람에 익숙한 향기가 불어올 때면, 절대로 이루어지지 않는 사랑이 있다고 착각하고는 했다. 지금의 향기를 품은 나의 삶을 사랑하는 것. 나는 나를 위한 사랑에는 유독 박했다. 삶을 살아오며 축적되는 경험들은 점점 나를 독하게 만드는 듯했고, 소멸하는 사랑의 기억들은 가슴을 메말렸다. "차갑고 냉정하시네요." 한 귀로 듣고 한 귀로 흘렸던 이야기가 어느 순간 흘려지지 않았다. 나는 어떤 향기를 뿜으며 살아가고 있는가.

현재의 시간이 과거가 되는 것처럼, 쌓였던 미운 마음에 자연스레 사랑이라는 다른 이름이 붙으면 좋으련만. 자책으로 가득했던 나의 삶은 여전히 자책과 자기 연민에 담가져 있다. 떨어진 은행을 무심코 밟으며, 이렇게 독한 냄새가 나는 삶이 아니었으면 좋겠는데. 나도 사랑으로 기억되고 싶은데. 콧잔등이 뜨거워진다.

나는 평행한 시간 속에 살며 순간에 흩뿌려진다. 혹은 최소한 그러한 믿음으로 살아가고 싶다. 과거의 과정이 현재의 나를 낳은 결과물이라면, 나는 조금 덜 예민해지고 더 부드러워질 필요가 있다. 사랑을 주저하지 않고, 상처도 그러려니 넘길 수 있는 지혜가 필요하다. 그러나 평생의 버릇 혹은 성질을 바꾸는 건 얼마나 어려운 일인지. 무언가를 새로 시작하는 행위보다 무언가를 그만두는 행위가 훨씬 어렵다.

갈비탕 한 그릇과 밥 한 공기를 다 비웠다. 평소라면 바빠 예민해진 신경에 끼니를 마다했겠지만, 힘을 내야 한다. 차가운 계절에 차가운 사람이 되고 싶지 않다. 나를 돌보고, 나를 사랑하고, 마음과 몸의 건강을 열심히 챙겨야겠다. 나를 사랑해 그 사랑이 넘치고 흘러 당신에게도 닿았으면 좋겠다. 향기로운 사람이 되어야겠다.

푸른 등의 사람

물을 좋아한다. 생각이 많아질 때는 깊은 욕조에 몸을 담그거나 샤워기를 틀어 놓고 가만히 물을 맞으며 머릿속을 정리한다. 물속에서만 들을 수 있는 먹먹한 소리와 내 몸을 빈틈없이 감싸는 액체의 감촉이 좋다. 힘을 빼고 가만히 있으면 나를 수면 위로 올려준다. 기묘한 평안함이 이 안에 있다.

이상하다. 보통 물에 빠지는 경험을 하면 물을 싫어한다던데. 나는 나를 죽이려 한 물질을 온 마음을 다해 사랑한다. 엄마는 종종 어릴 적 내가 몇 번이고 구조되었던 얘기를 하며 가슴을 쓸어내리지만, 나는 그저 웃고 만다. 살았으면 됐지, 뭐. 나는 아직 물을 좋아하는데. 미워할 수 없는데.

생명의 근원은 물이라 했다. 우린 모두 바다

에서 와, 섭리에 따라 삶을 살다가 다시 자연으로 돌아가는 거라 했다. 어머니의 양수 속에서 9개월 남짓한 시간을 유영한 후에야 우리는 세상의 빛을 본다. 물이 70퍼센트 이상을 차지한다는 몸뚱어리를 끌고 세상을 살며 시간을 채우면, 이내 말라 쪼그라든 피부로 자연에 돌아간다. 물과 함께하는 건 본능이고 그러한 본능을 사랑하는 건 가장 인간다운 모습이 아닐까.

하늘에 구멍이 난 듯 비가 내린다. 핸드폰에는 폭우주의보 알람이 하루 종일 울렸다. 어느 지역에서는 차들이 대량으로 침수되었다 했고, 자주 가던 한강 공원은 물에 잠겼다 했다. 차의 와이퍼가 아무리 애를 써도 걷어낼 수 없는 폭우는 폭력적이고 파괴적이다. 생명을 잉태하고 재생을 지향했던 물의 극단적 이면이다.

인간과 닮았다. 사랑과 포용으로 주위에 생기를 불어넣기도 하고, 때에 따라서는 한없이 극악무도하다. 섞일 수 없는 물과 기름이 섞이고 성악설과

성선설이 동시에 존재한다. 물은 가능성의 물질이자 불가의 증거다. 그러나 부여할 수 있는 의미가 많다는 건, 곧 어떠한 의미를 부여한다 한들 소용이 없다는 것을 뜻한다.

　　　삶에 의미를 부여하는 것과 비슷하다. 거창하게 인생에 대해 이런저런 구절을 늘어놓지만, 의미가 많기에 곧 의미가 없는 삶이 되기도 한다. 우리는 주어진 시간의 끝을 짐작할 수 없이 하루를 살아가는 하루살이에 불과하다. 그러니 하루에 후회를 남기지 말아야 한다. 생의 마지막 날이 언제일지 우리는 알지 못한다.

　　　고등어를 굽는다. 너도 생명의 근원이라는 물에서 왔겠지. 바다에서 많이 수영은 해 봤는지. 동료들과 떨어지는 게 무섭지는 않았는지. 어쩌다가 미끼에 걸려 식탁까지 온 건지. 생애가 궁금하다. 너도 하루에 최선을 다하며 살았을까. 푸르른 등이 아름답다는 걸 누군가 이야기해 줬을까. 친구들보다 조금 덜

기름진 걸 보니 바다는 많이 누빈 모양이구나. 다행이다. 재미있는 삶을 살았다니 다행이야.

　　　　재밌고 맛있는 삶을 살아야지. 대단한 삶은 아니더라도 하루를 즐겁게 채워야지. 바다를 수영하고, 파란 등을 사랑하며 맛있는 끝을 맞이해야지. 주말에는 욕조가 있는 곳으로 쉬러 가야겠다. 몸을 푹 담그고, 오늘 하루도 잘 살았다. 잔인하지 않았다. 선했다. 넘실거리는 물에 맞춰 노래를 흥얼거려야겠다.

박애주의자

       사람과 동물을 구분하는 기준은 본능을 조절하는 능력에서 나온다. 기본적인 사회적 규범 안에서 상대에게 비도덕적 행위를 하지 않는 것. 법으로 정의되지는 않았지만, 암묵적으로 지키고 있는 예의범절을 지키려는 노력. 흔히 말하는 '선을 넘는다'의 시기는 이 노력의 덩어리를 등지는 순간을 말하는 게 아닐까.

       세상에는 이해할 수 없는 사람들이 많다. 이해하려고 애썼고, 품으려 애썼다. 모두가 다른 환경, 다른 삶을 살아왔기에 다름을 인정하는 건 나에게 중요한 가치였다. 삶을 사랑하며 살아가고자 하는 나의 의지였다. 그러나 도무지 품을 수 없는 혹은 품어서도 안 되는 논리를 가진 사람들이 등장했을 때는 얼어버리고 말았다.

요 며칠은 말과 상식, 도덕과 규범에 대한 나의 기준을 다시 돌아봤다. 남들보다 너무 까다로운 기준을 세운 게 아닌지 고민하다 이내 실소를 터트렸다. 선(善)의 기준은 높을수록 좋은 게 아니던가. 왜 나는 모두를 품으려는 말도 안 되는 박애주의에 빠져 나를 낮추는 고민을 하고 있는가.

후회라고는 없을 줄 알았던 나의 삶에도 후회들이 생긴다. 나와 가치의 기준이 다른 사람들을 내 사람이라고 품으며 소비했던 시간이 아깝다. 길거리에 침을 아무렇지도 않게 뱉는 친구를 술에 취해서 그렇겠지, 하며 말리지 않았던 일. 나와 사귀면서도 다른 여자들과 죄의식 없이 친밀한 연락을 주고받던 어떤 이와의 관계. 고맙다는 말은커녕 당연히 해줘야 하는 부탁 아니냐는 질타를 들었던 도움. 참 많이도 품으려, 사랑하려 애썼다. 그러나 또한, 겪지 않았으면 낭비인지 몰랐을 시간이다. 후회와 배움은 자주 같이 온다.

친구는 가게 앞 화단에 버섯이 피었다며 사진을 보냈다. 별것 아닌 사진에 왜 그렇게 웃음이 났는지 모르겠다. 사람에게서 받은 상처는 사람에게서 낫는다고 했던가. 내 주위에는 아직도 나를 웃게 하는 사람들이 있다. 크지 않은 마음과 소소한 안부로 웃음 짓게 하는 사람이 있다. 어쩌면 나랑 맞지 않는 사람들과 발생한 문제들을 고민하는 시간을 내 주위 다정한 사람들에게 쏟는 게 현명한 선택이겠다.

밖에 나가 달 사진을 찍었다. 뜬 달의 이름이 '스트로베리 문'이란다. 분홍빛의 달이 사랑과 소망을 이루어 준단다. 정말로 소망을 이루어 줄지도 모르겠고, 육안으로 보니 분홍빛인지도 잘 모르겠지만, 달 모양이 예쁘게 담기기를 바라며 몇 번이고 셔터를 눌렀다. 메시지창에 대화를 나눈 모든 사람에게 달 사진과 다정을 건넸다. 누군가의 마음이 조금은 따뜻해졌을까, 알 수 없는 일이지만, 어떤 답변에도 상관없이 사랑을 퍼부어 주고 싶은 사람들이 있다.

흔들리며 걸어가고

    핏빛을 띠던 무릎에 멍이 이내 연노란 빛으로 가시어 간다. 아치가 높고 바닥이 오목한 나의 발은 땅에 닿는 면적보다 그렇지 않은 면적이 더 넓다. 땅에 깊이 박히지는 못하더라도, 땅과 쉽게 조우하는 능력은 있어야 할 터인데, 이 녀석들은 그렇지 못할 때가 더 많다. 조그마한 몸의 충격에도 금방 균형이 무너지고, 나를 깨뜨려 부순다. 덕분에 얻은 다리의 흉들은 나를 종종 칠칠하지 못한 사람으로 만든다. 알지도 못하면서. 속 사정은 알지도 못하면서 남들에게 나는 덤벙거리는 바보가 된다.

    내 발이 싫었다. 왜 나는 툭하면 넘어져서 피를 봐야 하는지. 어릴 때의 엄마는 피가 마를 날이 없는 딸을 위해 약국에서 온갖 종류의 연고와 반창고를 수시로 구비해야 했다. 성인이 되어서는 종로에 위치

한 도매 약국에서 흉터 방지 패치를 박스째로 구매했다. 부모가 주신 신체를 훼손하지 않는 것이 효의 시작이라 공자는 말했건만, 내 발은 나를 수백 번이고 불효자로 만들었다.

여정을 돌아본다. 마냥 발을 미워하기에, 내 발은 나와 많은 다수의 모험을 함께했다. 무작정 배낭 하나 덜렁 메고 떠났던 미국. 사랑하는 사람과 처음 여행했던 덴마크. 이역만리의 친구가 보고 싶어 수 번 경유해 도착했던 스웨덴. 우울의 끝에서 나를 진정시켜 줬던 암스테르담. 친구의 부모님께 큰 위로를 받았던 대만. 노조모와의 추억을 안겨준 일본까지. 참 많이도 다니고, 보고, 먹고, 배웠다.

이번 달에는 다카시 무라카미[3]의 그림 한 점을 식구로 맞이했다. 애니메 컬처와 상업의 컬래버. 예술과 상업의 경계를 넘나드는 그의 작품들. 소녀스

_____

[3] 일본의 현대미술가.

러운 감성의 작품들과는 상반되는 작가와 힙합과의 연결고리. 모방을 지양하면서도 기성 캐릭터를 작품에 녹여내는 아이러니. 이 복잡하고 복합적인 작가의 정신이 종이 위에 다양한 색감으로 흐드러진 작품들. 내 못난 발로 세계를 돌아다니며 미술관을 기웃거리지 않았다면, 흐드러진 색을 오래 감상할 낭만은 없었으리라.

간당거리며 걷지만 단단하다. 넘어져 보았기에 넘어지는 게 두렵지 않다. 암스테르담 담(de dam) 광장 잔디가, 집 앞 편의점 보도블록이 나는 무섭지 않다. 고정적인 수입이 없이 하루의 창작으로 삶을 영유하는 사람에게 어울리는 발이다. 간당거리며 흔들리는 삶을 살아도 두렵지 않다는 걸 알려주는 발이다.

삶을 살아가며 흔들리지 않고 불안정하지 않은 사람이 있을까. 삶 속에서는 모두가 아치 높은 발이다. 내일은 불확실성을 방증하는 시간의 개념일 뿐이고, 불안에 대한 방어기제는 자꾸만 미래로 향하는 오늘을 괜찮게 만들어주는 장치일 뿐이다. 삶이 무얼 던져줘도 괜찮다는 생각을 해본다. 흔들리다 넘어져 피를 보면, 반창고를 잔뜩 사다 붙여야지. 언제나 그 랬던 것처럼 흔들리며 걸어가야지. 그렇게 흔들리며 걸어온 길도 나쁘지 않았으니. 나의 오늘은 꽤 괜찮으 니. 간당거려도, 어디론가 끊임없이 가고 있으니.

성스러운 의식처럼, 발톱을 깎고 발을 깨끗 이 씻었다. 쓰지 않아 찬장 깊숙이 박아 놓은 로션 하나를 꺼내어 정성스레 내 몸 끝부분을 마사지했다. 너희가 나를 데려갈 내일은 나쁘지 않을 거라 내뱉으 며, 수고했다는 마음을 둘에게 전한다.

아침밥 거르지 말고

아침밥을 챙겨 먹은 지 꽤 오래되었다. 일찍부터 해외에 혼자 나가 살며 아침밥을 거르는 버릇이 생기고는 도통 아침을 챙기지 않았다. 유동식이라도 조금은 먹고 시작하는 게 좋다고 해서 바꿔보려고도 노력했지만, 아침에 무어라도 집어넣으려 하면 속이 좋지 않다. 새벽 스케줄이 있는 날에는 단 커피로만 몸에 시동을 건다.

할머니는 항상 이게 불만이다. 왜 사랑하는 손녀는 끼니를 거르나. 같이 사는 가족 중 유일하게 끼니를 자주 거르는 손녀가 할머니는 안타깝다. 아침이 되면 시리얼이라도 꼭 챙겨 먹고 나가는 엄마와, 지각하지 않기 위해 빈속으로 나갔더라도 국밥 한 그릇 꼭 챙기는 동생과 비교하니, 당신의 손녀는 도통 밥을 굶는 거다. 안 그래도 비실거리는 것 같은 애가

149

밥까지 안 먹으니, 할머니는 걱정이 이만저만이 아니다.

　　　　그러다 보니 저녁이 진수성찬이다. 날마다 꼬박 물어본다. "저녁은 뭐 먹을래?" 연세에 귀찮고 힘드실 법도 한데, 꼭 손녀 마음에 드는 식탁을 차리고 싶으신가 보다. 아무거나, 라고 대답해도 밥상이 수라상 못지않다. 생선에, 국에, 밥에, 나물까지. 혼자 살 때 배고프면 달걀 두 개나 부쳐 먹던 좁은 아일랜드 식탁에 비하면 호강도 이런 호강이 없다.

　　　　끼니를 챙기는 정성만큼 세심한 사랑이 있을까. 혼자 살 때 가장 힘이 되던 말은 "밥 먹었니"였다. 자신의 끼니도 챙기기 바쁜 세상. 누군가는 누군가의 하루를 묻고, 누군가는 누군가의 끼니를 챙긴다. 그 단순하면서도 귀찮은 물음은 사랑 없이 탄생할 수 없다. 당신의 하루가 안녕하냐는 안부이자 안녕하지 않더라도 든든하게 먹고 다니라는 응원이다.

　　　　삶에는 완속 충전이 필요하다. 아침밥 먹는

걸 잊은 것처럼, 조금은 느리게 충전해야 하는 시간이 필요하다는 걸 자주 잊는다. 얼마 전 찾아왔던 무기력증도, 면역력이 떨어져 온몸에 돋았던 두드러기도, 순간순간 턱턱 막히던 숨도, 모두 급하고 짧게 충전해 배터리가 방전되어 벌어졌던 일이 아닐는지.

마음의 여유가 있었을 때는 한 달에 한 번 정도 호텔 방을 잡고 시간을 보냈었다. 남들이 말하는 대단한 호캉스는 아니었고, 그저 모든 소음과 빛에서 나를 차단하고 뜨거운 욕조에 몸을 담갔다가 명상을 하며 생각을 정리하는 일종의 회복 의식이었다. 바빠서 잘 챙기지 못하던 끼니를 채우고, 소음으로 방해받던 잠을 푹 자고 나면, 새사람이 된 것처럼 며칠이 개운했다.

금전적인 여유와 시간적인 여유가 없어지며 호텔 다니는 걸 그만두었다. 호기롭게 만들었던 신용카드는 어느새 지갑 뒤쪽에 위치했고, 아르바이트 공고를 유심히 보며 시간을 맞추어 보는 일이 늘었다.

자연스레 나는 쉼과 어울리지 않는 사람이구나, 치부했다. 그렇게 번아웃이 왔다. 이 주 가까운 시간 동안 아무것도 할 수 없었다. 쉼에 하지 않은 투자가 배의 빚이 되어 돌아온 셈이다.

마음의 여유는 금전과 시간에서 나오는 게 아니다. 그야말로 '마음먹기'에 따라 달린 거다. 분명 지금보다 불안정하고 힘들었던 때도 있었다. 카드 한 번 긁어서 이 주의 시간을 살래, 아니면 시간과 돈을 쓰는 걸 두려워할래, 물으면 당연히 전자를 택해야 하는 게 옳다.

느리게 천천히 충전하자. 아침밥 거르지 말자. 우리에게는 여유의 결심이 필요하다. 그리고 이런 말을 해줄 용기와 사랑은 언제나 필요하다.

통증

       지속되는 통증으로 며칠째 잠을 설치고 있다. 작년 어느 날에는 손가락 관절 마디마디가 시큰거리고 목뒤가 너무 아파 잠에서 깼다. 이를 물고 자는 버릇 때문이었다. 처음에는 별것 아닌 것 같더니, 얼마나 심해졌는지 어금니까지 마모됐었다. 나중에는 낮에도 입이 벌어지지 않아 근육을 마비시킨다는 보톡스를 맞고 나서야 잠이 편했다. 잠을 설치는 것 보니, 약기운이 다 된 모양이다. 병원이라면 지겨워 죽겠는데. 주말이 지나면 예약해야겠다.

       K와 함께일 때는 K가 밤마다 내 턱을 잡아 벌려주고는 했다. 끌어안고 자던 팔에 힘이 들어가기 시작하면 으레 잠버릇처럼 내 턱을 흔들어주고는 했는데, 무는 힘이 얼마나 센지, 웬만한 악력으로는 벌어지지 않아 한참을 잡고 있어야 힘을 푼다고 했다.

그 모습을 상상하니 웃음이 나면서도 어찌나 고맙던지. 이제 K는 없고, 나는 그의 부재를 통증으로 느낀다.

지나간 연인 중에 가장 그리운 이를 꼽으라면 K의 이름을 말하겠지만, 사실 K는 아름다운 추억과 비등하게 상처도 많이 준 사람이었다. 다른 이에게 한눈을 팔기도 했었고, 술을 마시면 어디에 있는지 가늠하기 어려웠으며, 우울감에 빠지면 며칠 자신을 가두고 대화를 거부하기도 했었다. 감정의 폭과 깊이가 남다르다고 해야 할까. 그런 만큼 로맨틱하기도 했기에, 내가 가장 밝게 웃는 사진들은 대부분 그와 함께 있을 때 찍은 것이었다.

글을 쓰다 잠이 들고, 나는 K에 대한 꿈을 꾸었다. 양복을 멋들어지게 빼입고 수풀 사이에 서 있었다. 눈은 가만히 있는데 입은 활짝 웃고 있는 그의 모습이 어딘가 기괴했다. 그래도 웃으니 다행이라고 생각했다. 그의 표정이 마치 내가 그를 향한 감정의 양면성을 표현하는 것 같아서 꿈에서 깨고는 그 모습을 그림으로 남기고 싶었다. 허나 신이 나에게 허락한 재능은 거기까지 미치지 못하여, 기억 속에만 오래 간직하기로 했다.

멀티버스에 관한 영화를 보고는 K와 함께하지 않기로 한 나의 결정이 다른 우주 어딘가에서는 번복되었을까 생각했다. 아마도 가정을 꾸리고, 아마도 아이를 낳고, 아마도 비슷한 문제로 아파하고 비슷한 결로 기뻐하며 단란하게 살고 있을 거로 생각했다. 일을 하고 있을까, 라는 상상에는 그렇지 않을 것만 같아서, 지금의 현실이 꽤 마음에 든다고 생각해 미소 지었다. K에 관한 감정이 여러 가지이듯, 그를 향한 경우의 수도, 그 경우의 수에 대한 결괏값도 참으로 여러 가지일 터였다.

어렸던 언제에는 모든 걸 이룰 수 있다고 생각했다. 화목한 가정, 커다란 집, 명예, 돈, 차, 옷… 욕심이 많은 아이는 갖고 싶은 것도, 이루고 싶은 것도 많았다. 그리고 욕심이 많은 아이는 욕망도 커서, 모든 걸 가져야 했고 이루어야 했다. 그러나 세상이란 게 공평해서, 돈을 좀 벌었다 하면 몸이 아팠고, 몸이 건강하면 옆에 있는 사람이 떠나갔다. 사랑을 붙잡으려 하면 일의 일부를 놓아야 했고, 건강을 챙기려 하면 일 대신 잠을 택해야 했다.

　　　욕심이 앞서는 사람은 세상의 공평함을 어떻게 다루어야 하는가. 이 질문에 대해 많은 시간을 고민했고, 아직도 고민하고 있다. 세상과 타협하는 나만의 방식이 생겼다. 내가 바꿀 수 없는 것에 집착하지 않는 것. 건강하면 건강한 대로, 그렇지 않으면 그렇지 못한 대로, 하루하루 최선을 다해 살아가는 것. 인생의 큰 목표는 이룰 수 없을지 모르나 최소한 오늘 하루만큼은 나의 모든 걸 다했다는 사실에 위로받는 것. 그래도 남는 이들이 옆에 있다는 것에 감사할 것. 그래도, 오늘 하루도, 삼시세끼 챙겨 먹을 정도의 돈이 있었으며 누울 잠자리가 있다는 것을 기억할 것. 신체적, 정신적 고통 속에 놓여 있지 않다는 것. 그러한 위로들이 내 하루를 만든다는 것이 비참하지 않다는 것.

만곡

　　　　오랜만에 맡는 책 냄새. 너무 좋다. 책을 펴고 코를 박고는 흠뻑 종이 냄새를 들이마셨다. 책을 좋아해 마음에 드는 책이 보이면 무조건 사고 보는 탓에, 까지 못한 택배 상자도 여러 개. 책장에서 읽어주기를 기다리는 책들도 여러 개. 하다 보니 설레는 새 종이 냄새를 맡을 일이 거의 없다.

　　　　따끈따끈하게 제본된 친구의 책을 받고, 오랜만에 맡는 종이 냄새에 미소를 지으며, 나 정말 멋진 삶을 살고 있다고 생각했다. 어느새 친구들의 책이 책장의 반을 채우고, 신의 영역이라고만 생각했던 창작의 영역을 개척해 나가는 친구들을 보며 정말 멋지다고 생각했다.

　　　　멋진 친구들을 가진 멋진 삶. 순수 예술이 큰

금전적 수익을 올릴 수 있는 분야는 아니기에 박탈감에 이불을 머리가지 뒤집어쓰고 한숨을 내쉰 적도 많았지만, 책장을 채우는 나와 내 친구들의 성장을 보며 뿌듯한 마음으로 새 책을 펼쳤다. 얼마나 고생이 많았을까.

수고했다는 내 메시지에 친구는 '부족할 텐데 읽어줘서 고맙다'라는 말을 몇 번이고 했다. 감사할 줄 아는 사람. 그러면서도 겸손한 사람. 나, 정말 살 잘았다. 멋진 친구를 두었다.

감사와 겸손. 결심하기는 쉽지만 행하기는 어려운, 더군다나 공존하기에는 어려운 두 태도가 친구에게서 나온다. 어떤 마음가짐으로 살아야 감사와 겸손을 동시에 겸비할 수 있을까. 미켈란젤로의 피에타처럼, 예수 옷의 주름 하나하나를 경건한 마음으로, 그만한 노력으로, 그렇지만 물 흐르듯 유연하게 조각해야 하는 기적에 가까운 일이 아닐까.

실망하는 일들이 하나둘씩 늘어난다. 계약

코앞에서 엎어진 작품. 하얀 화면에 좀처럼 쳐지지 않는 타자. 목 끝까지 차올랐음에도 삼켜 버린 말. 미운 단어를 입술 밖으로 뾰족하게 빼내었던 일. 조금 더 사랑해 주지 못한 자신. 조금 더 사랑했어야 했던 누군가. 한참을 적어 놓고도 자꾸만 새로운 실망이 자꾸만 떠올라서, 나는 자신을 고문하는 감옥에 갇혀 감사와 겸손과는 담을 쌓았는지도 모른다.

가을은 만곡의 계절이랬다. 가을의 벼는, 익은 만큼 고개를 숙인다고 했다. 태어나고 싹을 틔워 노란색을 띠는 일련의 과정을 통해 고개 숙인 벼의 쌀알은 그 생의 둘도 없을 업적이다. 비옥한 땅을 만나 계절을 잘 탄 벼에게는 쉽게 성취할 수 있는 성공. 그러나 척박한 땅에서 혹독한 계절을 만나더라도, 결실을 품에 안는 데 성공하는 벼도 분명히 있다. 그리고 모든 벼는, 고개를 숙인다. 출신을 탓하지 않고, 노력을 자랑하지 않고, 품은 열매를 아래로 늘어뜨린다.

성공해 보지 못했다는 이유로 몇 번이고 고

개를 들었다. 겸손하지 않았고 감사할 필요도 없다고 생각했다. 이제는 조금 알 것 같다. 큰 성공은 없었을지 모르나, 이루어냈던 작은 성취들까지 무시하는 건방짐은 누구에게도, 무엇에게도 아무 쓸모 없는 허세일 뿐이라는 걸. 자격지심에 한 번 더 해보는 발악 같은 처절하고도 불쌍한 행동이었다는 걸.

오늘은 병원에 가는 날이었다. 흠을 가지고 살아간다는 걸 상기시키는 날. 병원에서 돌아오는 날이면 나는 어김없이 울곤 했다. 하필 내가 왜. 이 넓은 세상에 내가 왜. 왜 하필 이 나이에. 왜 하필이면, 그런 나쁜 병을 만나서. 왜 하필이면 살아서. 울 핑계는 많았고, 돌아오는 시간은 길었다. 그러나 이제는 안다. 나의 흠은 건방진 인생에 신이 던지는 알림이라는 걸. 이러한 아픔이 없었으면 나는 능력 없이 오만하기만 한 삶을 살았을 거라는 걸.

2022년 11월 1일

서랍장 속 비닐에 꽁꽁 싸 둔 향을 꺼냈다. 벌써 일 년이 되었네. 산이야. 산이야. 아직도 네가 간 게 믿기지 않는다. 사계절을 어떻게 너 없이 지냈을까. 울음 짓는 날도 많았지만 나는 그래도 그럭저럭 살아냈다. 네가 있는 곳은 어떠니. 춥지는 않니. 너를 묻은 곳에는 지난날 피었던 꽃대의 흔적만. 아직도 풀이 나지 않았어.

'죽음'이라는 개념을 어떻게 받아들여야 할까. 나는 일 년이 지난 지금도 그걸 모르겠다.

기일을 앞두고 너를 애도하는 글과 사진을 준비하던 중, 친구의 부고를 들었다. 생전 가지 않던 동네는 왜 갔을까. 왜 하필. 아직도 믿어지지 않는 소식에 번갈아 울며 전화 오는 친구들의 목소리에, 멍하니 넋 놓고 꺼진 TV만 바라봤다.

향을 꺼냈다. 무얼 애도하고 어떤 걸 빌어야 할까. 삶이 누군가에게는 너무 짧고 누군가에게는 너무 길다. 향이 하나 다 타고 나서도 나의 애도가 끝나지는 않을 텐데. 시간이 미웠다. 들려오는 위로의 말들도, 괜찮냐는 물음도, 어떡하냐는 울음소리도 모두 지쳤다.

나는 왜 하필 죽음을 바랐을까. 사는 것보다 죽는 편이 낫다는 생각을 여러 번 하고 살았는데. 나쁜 사람이었구나. 참 나쁜 사람이었어. 주위 사람들은 어떻게 살라고. 가슴에 칼을 꽂고 나만 편해지자는 이기적인 생각은 왜 해서.

누구의 몫을 대신 살아줄 수는 없겠지만, 나, 열심히 살아보기로 결심했다. 불평 없이 아름답게 하루하루를 보내기로 결심했다. 국화 한 송이 받을 때, 그래, 참 열심히 사는 친구였지, 되뇌며 나를 추억하는 사람이 많았으면 한다. 네가 그랬던 것처럼 말이야.

산이야. 여기는 쓸쓸한 계절이야. 모든 것이 말라가는

계절, 낙엽이 비가 되어 내렸다. 평소 같았으면 떨어지는 것들이 싫어 걸음을 재촉했을 텐데. 가만히 서서 멍하니 떨어지는 것들을 맞고 있었다. 가을이 있으면 봄이 있고, 봄이 있으면 가을이 있다. 다른 모습으로 떨어지는 것들은 언제 그랬냐는 듯 순을 맺겠지.

삶이 어떤 방향으로 흘러가기를 바라는 물음에 대답하지 못했었다. 이제는 사랑으로 채우며 살아가고 싶다고 말하고 싶다. 미워하는 마음 갖지 않고, 겸손한 마음으로 주어진 시간에 충실해지고 싶다고 말하고 싶다. 나로 인해 위로된다면 위로가 되는 삶을 살고 싶다. 이야기를 꺼내 놓는 게 먹고사는 수단이기 이전에 사랑과 위로를 위한 수단이었으면 한다.

산이야. 인간이 배움의 동물이란다. 그런데 배움은 왜 항상 늦게 오는지. 언제나 한 발짝 멀리서 뒤늦게 쫓아와. 그러니 느린 어미를 응원해 주련. 사랑한다. 사랑한다.

품

눈에 띄게 푸석해진 갈색의 털 사이에 흰 털
이 삐죽. 에고, 청아. 너도 많이 늙었구나. 서랍에 있
는 설긴 빗을 꺼내고 천천히 등을 빗겨주며, 이제는
더 이상 빗질에 도망가지 않는 나의 고양이에게 말을
건넸다.

청이가 처음 집에 온 건 내가 갓 성인이 되던
해. 아버지와 어머니는 서로 다른 길을 걷기로 했고,
집에는 한 사람의 자리가 비었다. 오랫동안 동물을 키
우고 싶었지만, 아버지의 반대로 그럴 수 없던 내게는
기회였다. 빈자리를 필사적으로 메꿔야겠다는 일종의
의지 같은 거였을지도 모르겠다.

청이의 엄마 얀이는 청이와 꼭 닮은 무늬를
가졌었다. 낳은 두 마리의 아이들을 품에 안고는 한껏

경계했다. 한 마리는 분홍 코를 가졌고, 한 마리는 아빠를 닮아 까만 코에 까만 젤리를 가지고 있었다.

입양을 고민하고 있던 이웃집 아주머니와 상의 끝에 우리는 청이 자매를 한 마리씩 모두 입양했다. 그렇게 식구가 된 분홍 코 고양이. 어미와 떨어져 이틀을 내 꼬박 우는 모습에 초보 집사인 나는 해줄 수 있는 게 없었다.

며칠이나 지났을까. 몰래 숨어서 나오지 않다가 밤에만 조심스레 나와 용변과 허기를 해결하던 청이는 자기가 자리했던 작은 쪽방을 박차고 나와 우리 옆에서 잠을 잤다. 동생과 엄마와 모두 한 방에서 이불을 깔고 잠을 자는 곳에 같이 자리를 잡았다. 거기에 추가 된 밤톨 같은 고양이 한 마리. 그렇게 우리는 식구가 되었다.

그렇게 거의 십사 년. 변하지 않을 것 같던 세월이 변했고, 첫눈을 신기해하며 창문에 발을 대던 나의 고양이도 이제 노묘가 되었다. 변한 것과 변하지 않은 것들에 대해 생각한다. 청이는 더 이상 청소기를 겁내 하지 않고, 나도 웬만한 일에는 웃어넘길 만큼의 너스레가 생겼다. 내 어머니의 얼굴에 지는 주름도, 예전보다 강직해진 나의 인상도 새삼 새롭다. 그리고 그 세월 속에는 난 자리와 든 자리가 있다.

불리지 않은 이름들을 입 밖으로 차마 내지 못하고 머릿속에 담는다. 짧지만 강렬한 삶을 살았던 연(緣)들. 각자만의 발자국을 세상에 남기고 내 세계에 남겼다. 한 달 안에 두 명의 친구를 떠나보낸 달에 어느 날에는, 내가 그들의 인생을 대신 받았다고 생각하기도 했다. 이제는 나쁜 생각하지 말아야지. 베풀고 살아야지. 나라도 열심히 살아야지. 근데 그 열심이 무언지, 베푼다는 건 무언지, 나는 아직도 잘 알지 못하겠다.

청이는 나이가 들고 어리광이 느는 건지, 꼭 새벽이면 침대로 와 잠든 내 팔에 머리를 비빈다. 도도한 성격에 이런 날은 없을 줄 알았는데. 까만 밤톨 같은 고양이의 골골거림에 하루의 고단함을 올려놓고 날아가는 털에 같이 날려 보냈다. 청이를 보면, 잘 산다는 게 참 별거 없다. 그저 품 한켠 내어주고, 기분 좋은 골골거림 한번 들려주고, 서로 보듬고 의지하며 살면 되는 거 아니겠는가. 결국 우리는 모두가 같은 결말을 맞이하는 동료라는 사실을 잊지 않고 살아가야겠다. 품 한켠 내주기 주저하지 말아야겠다.

하늘에서 첫눈을 선물해 준 청이에게 이 글을 바칩니다.

둥그런

      모든 물건은 세월을 비껴갈 수 없고, 기술은 하루가 다르게 진화한다. 최신형이라고 구매한 핸드폰은 일이 년 뒤면 퇴물이 되어버릴 게 뻔하다. 집도, 차도, 그 어떤 물건도 마찬가지다. 언제나 새롭고 좋은 것이 빠르게 나오는 현대 사회에서, '소유'라는 개념만큼 우둔한 것도 없다고 생각한다. 그래서 물건 대부분을 대여해서 사용한다. 새로운 물건을 들이는 일이 거의 없다.

      그런 내가 일 년에 한 번, 생일을 맞는 달에는 신발을 산다. 올해는 한 때 월 벌이만큼의 돈이기도 했던 거금으로 반짝이는 부츠를 샀다. 유일하게 대여하기 어려운 게 신발이기도 했고, 격식을 갖추어야 하는 자리에 가장 필요한 게 신발이기도 했다. 세세한 신경이 쓰이지 않는 곳을 잘 가꾸는 사람이야말로 부지런한 사람이라는 걸 핑계로, 신발장 한편을 채웠다.

　　　올해 산 신발은 새로운 발걸음을 축하하는 의미이기도 했다. 얼마 전부터 소위 '길몽(吉夢)'이라 말하는 꿈들이 계속되었고, 인간관계가 급격하게 변화하기 시작했다. 마음속으로부터 긍정적인 마음이 차오르고, 일이 뜻대로 되지 않을 때도 마음이 편안했다. 배가 고픈 나에게 나의 오랜 스승은 이런 말을 한 적이 있다. "때가 되면 네가 알 거다." '때'가 오는 건지는 모르겠지만, 정신적으로 성숙해지고 있는 건 확실하다.

　　　그래서 곁을 떠나는 인연들이 아쉽지 않고, 사포질되어 부드러워지는 마음의 둥그런 모서리가 꽤 반갑다. 아픔이 있어야 성장한다고 생각했던 예전과는 사뭇 다른 태도로 삶을 바라보게 된다. 아픔도 달갑고, 고난이 감사하다. 하루가 즐겁고, 외로운 날들이 사색의 날들이 된다.

　　　포기하고 싶을 때 내딛는 한 걸음. 작은 변화

에도 감사할 수 있는 태도의 차이. 딱 한 끗만큼의 차이는 예측할 수 없는 변화를 만들어 낸다. 앤디 워홀[4]의 매스 프로덕션이 미국에서 주목받지 못할 때도, 그는 포기하지 않았다. 이후 그의 작품이 처음 호평받은 건 바다 건너 스톡홀름에서였다. 기회는 누구에게나 찾아오지만, 그 기회가 올 때까지 기다릴 수 있는 능력과 좋지 않은 결과라도 겸허히 받아들일 수 있는 자세는 개인의 마음가짐에 달렸다.

　　희망을 노래하는 게 뜬구름 잡는 소리처럼 느껴질 때, 우리는 다시 한번 생각해야 한다. 어떠한 상황에서도 이루어내는 사람들은 분명 존재한다. 그리고 그 사람 중 하나가 내가 될 수 있다는 사실을 배제하는 순간, 내가 기회의 문을 잠그는 셈이 된다. 힘들어도 도전해야 하지 않겠나. 최소한, 기회의 문을 내 손으로 닫은 일은 하면 안 되겠다.

---

[4] 미국의 팝 아티스트.

시작

친구는 드디어 이사를 했다고 했다. 축하의 의미로 필요하다는 토스터를 사서 보냈다. 새해를 맞아 지난해를 마무리하는 정산금을 받았고, 대출을 정리했고, 새 차를 계약했다. 새해를 맞이하는 크거나 작은 다짐 같은 건 없었다. 연도의 숫자가 하나 늘어난다고 생각하기보다, 두 자릿수의 달이 한 자릿수로 돌아온다고 생각했다. 멀티버스에 관한 영화를 연달아 시청했고, 윤회에 관한 책을 읽기도 했다.

변했지만 변하지 않은 것들이 함께한다. 자를 때가 한참 지난 머리, 찌고 빠지지 않는 이 킬로, 구석에서 자는 버릇 같은 것들. 익숙함이 좋은 사람의 새로운 시작은 설렘보다 안정감을 찾고자 하는 간절함이 앞선다.

R이 택배를 보냈다. 새해를 맞아 보낸 것이겠지만, 다른 의미를 붙이고 싶어지는 선물이었다. 변하는 것들 속에서 냉소를 날리며 익숙한 것을 찾다가도, 도무지 익숙해지지 않는 외로움 따위의 감정 앞에서는 눈에 젖은 길의 고양이처럼 바르르 떨고는 한다. 나에게 보금자리가 되어줄 수 있는 사람은 없는지, 혹시 그게 R이 아닐지 문득 궁금해진다.

친구는 작년 봄에 시작한 사랑을 끝낸다고 했다. 갑자기 돌아선, 혹은 그렇게 보이는 마음에 적잖이 놀랐지만, 끝 또한 새로운 시작이어서 나는 그 시작을 응원하기로 했다. 그러고는 괜히 마음이 쓸쓸해져, 일부러 웃풍이 들어오는 창문에 손을 얹고 찬기를 느꼈다.

해 하나 바뀐 게 대단하다고 뭐들 그렇게 난리인지. 나는 뭐 그게 대단하지 않다고 이렇게 애써 침착한지. 인터넷에서는 이런 글이 있었다. 새해에도 작년처럼 무탈하게 살아보자고. 선배는 말했다. 너는 사건 사고가 너무 잦아 핑계도 많다고.

핑계. 그래. 핑계가 많았다. 무언가 하나에 오롯이 집중하지 않을 핑계가 참으로 많았다. 일이 없다고, 사랑이 없다고 불평하기 전에 핑계나 대지 말았어야 했다. 추악한 나의 모습과 똑같이 그렇다고 생각한 세상과 생각해 보면 그렇지만도 않은 하루를 삼백예순다섯 번 견디어 냈다. 하루가 작은 산 하나 넘는 것처럼 힘들었다고 느꼈지만, 핑계라 칭한 건 그 와중에서도 행복은 존재했기 때문이다.

신장 수치가 바닥을 찍었었고, 투석에 대해 생각하기도 했다. 정상으로 돌리려 몇 개월 동안 한 식이조절은 혹독했다. 참사로 친구를 한 명, 친구의 의지로 또 한 명을 떠나보냈고, 사랑하던 사람에게는 새로운 사람이 생겼다. 약해진 몸과 마음은 변하는 날씨 앞에서 여러 번 고꾸라졌고, 침대에서 앓던 날들이 유독 많았다. 그래도 입원은 하지 않았고, 그래도 다시 원하는 걸 먹게 되었고, 슬픔 옆에는 나를 지키는 친구들이 있었다.

　　이병률은 말했다. 무언가를 잃었다면 주머니를 가졌기 때문이라고. 인생의 심줄은 몇몇 추운 새벽으로 단단해진다고.[5] 많은 주머니를 가진 덕에 아팠고 행복했으며 앞으로도 그럴 것이라는 걸 안다.

　　시작으로 달린다. 비슷한 아픔과 행복이 반복되겠지만, 그렇다는 걸 알기에 안도감이 드는 밤이다.

---

[5] "청춘의 기습," 이병률.

우둔하고 소심해서

"가면 영영 안 올 것 같아서 그래."

떠나는 친구 앞에서 애써 덤덤하게 말했지만, 침묵을 지킨 친구의 눈가도, 가지 말라며 나름의 방식으로 아쉬움을 전한 나의 눈가도 이내 촉촉해졌다.

함께한 지 십 년. 기숙사 생활도 함께했기에 어쩌면 가족보다 더 많은 시간을 이 친구와 보냈다. 당시에야 손을 잡고 타국을 왔다 갔다 했지만, 이번에는 친구 혼자 비행기에 오른다. 군 복무로 한국에 들어온 친구는 이어 온 팬데믹에 학업을 미루어두고 한국에서 몇 년 직장 생활을 했다. 가까운 친구가 많이 없는 나에게 옆에서 큰 힘이 되어주었던 친구가 다시 떠난다. 몇 해가 바뀌면 '박사'의 호칭을 달겠다. 좋은 일이라는 걸 알지만, 어떠한 이유에서 건 떠나는 이를 보내는 마음이 어찌 아쉽지 않을 수 있을까.

친구는 유독 한국 생활 적응을 힘들어했다. 당연시되는 연장 근무에 심신이 지쳤고, 힘들 때마다 찾는 미술관이나 전시는 욕심만큼 다양하지 않았다. 주말이면 자꾸만 술을 마시고는 연락을 끊었고, 휴가를 써 외딴섬으로 훌쩍 떠나버리며 걱정시켰지만, 그러고 나면 또 안정되는 친구의 모습에 큰 잔소리는 하지 않았다. 이제는 술도 끊고 공부에 집중하며 예전의 모습을 찾고 싶다는 친구에게, 나는 이상하게 거기에서의 잔소리가 여기에서보다 많다.

"청소 잘하고. 눈 많이 올 때 운전 함부로 할 생각 하지 말고. 연락 잘 받고."

새삼스레 왜 그러냐며 놀러 오면 되지 않냐는 친구에게 그러마 했지만, 쉽지 않은 일이라는 걸 알아서 나는 자꾸만 다른 말을 주절댔다.

내가 사람들을 떠나가게 하는 부정(不淨)을 뿌린다고 믿었던 때가 있었다. 일을 도와주던 스텝들이나 운동을 가르쳐주던 언니, 매니저에서 신입 에디터까지 나만 맡으면 일을 그만뒀다. 사람들이 떠나가는 게 속상했고, 혹 내가 그들에게 무슨 잘못을 한 건 아닌지 침대에 누워 되새겨 보며 잠을 이루지 못할 때도 있었다.

근황을 들어보면 나에게 나쁜 기운이 묻어있다고 생각했던 건 내 오만한 착각이었다. 헤어를 담당하던 몇몇 스텝들은 어엿한 샵의 원장이 되어 안부를 물어 왔고, 더 큰 회사로 이직한 매니저들은 승진했다며 연락이 왔다. 적성이 아니라고 생각해 일을 그만두었던 에디터는 직업을 바꾸고 바쁘게 살아간다고 했다.

모든 것에는 양면이 있다. 한쪽만 바라볼 수 있는 게 인간의 한계라고 하지만, 그 한계를 인정하지 못하고 반대쪽을 부정하는 건 오만이다. 당장은 친구의 떠남이 슬프지만, 그는 새로운 인생을 위해 큰 발걸음을 내딛고 있음을 나는 알고 있다. 이곳보다 그곳이 행복할 거라는 걸 알고 있다.

그렇다면 나는 어떠한가. 아직도 나의 오만에서 벗어나지 못하고 있는가. 아니면 이제는 새로운 마음가짐으로 내가 볼 수 없는 어떤 것들에 대해 속단하지 않고, 긍정적인 태도로 변화를 받아들일 수 있는 준비가 되어 있는가. 글쎄. 막상 또 사건이 닥치면 오만이 앞설지 모르지만, 바람은 그 우둔함을 빨리 털어버릴 수 있는 사람이 되었으면 좋겠다.

깜빡

　　　　유난히 짧은 사거리의 좌회전 신호 앞에서
두 번의 기회를 놓쳤다. 시계를 보고 바쁘지 않으니
괜찮다고 생각했지만, 이상하게 근질거리는 엉덩이는
어쩔 수 없어서 자꾸만 자세를 고쳐 앉았다. 그러다
눈앞에 들어온 앞 차의 좌회전 깜빡이가 내 자동차 깜
빡이 소리와 시기를 맞추고 있다.

　　　　이질감. 화면과 자막이 다른 영화를 보고 있
는데 그 자막이 맞아떨어질 때 같은 이질감이 들었다.
일면식도 없는 사람의 것과 내 것이 조화를 이룬다.
어떤 사람이 타고 있을까. 나처럼 천천히 신호를 기다
리고 있을까. 우리의 차들이 대화하는 걸 알고 있을까.
아니면 또 멈춰 선 신호에 짜증을 내고 있을까. 나와
비슷한 또래일까. 번호판의 앞자리가 두 자리인 걸 보
면 나보다 연배가 있겠구나. 누군가의 엄마일까. 아빠

일까. 아니면 그 누구의 보호자도 되지 못했을까.

이런저런 생각을 하며 이방인과 나만의 낯선 인사를 나누고 있을 때, 두 자동차의 동기(同期)가 깨졌다. 하긴 차종이 같더라도 이런 우연은 흔치 않을 텐데, 나는 뭘 기대했던 걸까. 함께 호흡했던 순간이 잠시라는 게 그렇게 아쉬울 수 없었다.

정이 많은 사람은 사소한 것에도 자주 의미를 부여한다. 건너편 길목에 나와 같은 색 신발. 그가 있는 나라에도 눈이 왔다는 뉴스. 자기도 오늘 울었다는 친구의 문자. 눈사람을 보고 같이 까르르거리던 이웃집 아이. 나를 살게 하는 것들이 이렇게나 많이 있다.

살게 하는 것들이 많다는 뜻은 나를 절망하게 만드는 것들도 많다는 뜻이기도 하다. 맛있다고 생각해 선물한 케이크가 입맛에 안 맞는다는 말. 나는 지금 네가 보고 싶지 않다는 말. 같이 눈을 보는 게 무슨 소용이냐는 말이나 아침마다 인사하던 눈사람을 누군가 망쳐 놓은 일. 종종 보이던 이웃 고양이가 겨울이 지난 후에 자취를 감추고, 인정받으려 일궈 왔던 일들이 되려 상대에게 자격지심이 된다는 화살. 세상이 다채롭고 다양한 만큼, 웃음의 색도, 서러움의 색도 너무나 다양하다.

그렇지만 내가 누군가의 입맛을 바꿀 수는 없고, 누군가의 마음을 움직일 수도 없다. 눈사람을 치운 사람을 찾아 무어라 따질 것이며, 이웃 고양이에게 무슨 일이 있었는지 안다고 해서 내 마음이 나아지지도 않을 것이다. 그렇다면 할 수 있는 일은 절망적인 일들은 빨리 잊고, 기쁜 일들은 오래 음미하는 수밖에 없다.

누구의 생일에는 축하에 앞서 그가 누구와 생일을 보냈는지 궁금해하기에 바빴다. 안다고 현실을 바꿀 수 있는 건 아닌데. 그 사람이 당장 내가 되게 만들 수 있는 것도 아닌데. 그렇게 자정을 넘기고 축하의 말을 전할 기회를 놓치고 나서야 진심으로 나의 생일을 축하해줬던 그 메시지가 생각난다.

　　　부정(否定)은 마치 중독성이 강한 독과 같아서, 조금씩 조금씩 점점 나를 죽이며 세력을 키운다. 그럼에도 그 감정을 쉽게 떨쳐버릴 수가 없고, 긍정을 끊임없이 경계하게 만든다. 무언가를 객관적으로 바라보는 것과 부정적으로 바라보는 것을 동일시해서는 안 된다. 사실을 정확하게 파악하고 알맞은 선택을 내리는 것은 중요하지만, 경계가 너무 심한 나머지 부정이 긍정을 잠식하게 두면 안 되겠다.

벗

　　"뭐 하고 지냈어?"

　　"그냥 있었지. 일하고. 쉬고."

K는 언제부터인가 먼저 안부를 묻는다. 처음 봤을 때의 K는 과묵하고 까칠했다. 전문직이라 콧대가 높다는 생각이 들 정도로 의사 표현이 확실했고, 필요 없는 말은 하지 않았다. 안 지 꽤 오래 지나고 나서야 K는 자기 얘기를 꺼내 보였다.

　　"K는 요즘 뭐해? 재밌는 일 없어?"

　　"없어. 맨날 사무실에 갇혀있지, 뭐."

근무가 끝나고 나면 꼭 술 한잔하러 나가곤 했었는데, K는 어느 순간부터 친구들을 만나지 않았다. 친하게 지내던 내 동창과도 뜸한 듯했다. 법원과 사무실만 왔다 갔다 하는 생활이 무료하다면서도, K는 자꾸만 혼자였다. 나는 못되게도, 그런 K를 보며 묘한 안도감을 느꼈다. 안정적인 직업을 가지고 자기 일을 잘하는 사람도 외로울 수 있구나, 따위의.

"곁에 있는 사람들이 참 중요해."

그렇지. 우리는 그걸 너무 늦게 알았지. 추후 동기의 얘기로는 법대생 시절 K가 꽤 많은 질투를 받았었다고 했다. 특목고 출신에 여유로운 집안에서 자란 K는 학비 걱정 없이 몸 관리하며 힘들다는 법대와 로스쿨 시절을 나름 유연하게 보냈고, 타고난 리더십으로 학생회 활동도 열심히 하며 교내에서 꽤 인정받는 사람이었던 모양이다. 사람들은 앞에서 그를 칭찬했고, 뒤에서는 그를 욕했다고 했다. 그래서인지 K는 학교 이야기를 자주 하지 않았다. 어울리는 동문의 수도 정해져 있었다.

곁에 남아 있는 사람들이 중요하다는 얘기에 티 내지 않는 외로움이 묻어나는 것 같아서 "우리는 오랜 벗이 되면 되지," 말했다.

얼마 전에는 SNS 메시지로 이런 질문을 받았다.

작가님. 친한 친구들에게 자꾸 섭섭함을 느껴요. 제 마음을 헤아려주지 않는 것 같은데 어떻게 해야 할까요?

이미 답을 알고 있는 듯한 질문. 끊어내야 하는 걸 알지만 혼자가 되고 싶지 않다는 두려움이 담겨 있는 메시지 한 통. 그냥 넘어갈 수 없어

마음을 내려놓고 섭섭함을 전해보세요. 그리고 떠난다면 내 사람이 아닌 겁니다.

답장을 보냈지만, 이래도 저래도 속이 상할 독자를 생각하니 사뭇 씁쓸했다.

K와 나는 아주 우연한 계기로 만났다. 아마 지인들끼리의 식사 자리에 우연히 왔었을 거다. 사실 어떻게 처음 만났는지도 정확히 기억나지 않을 정도

의 세월이 지났다. 후에 겹 지인을 통해 그가 변호사란 걸 알았다. 집 근처에 K는 개업했고, 나는 종종 그를 찾아 이야기를 나누고 차를 마셨다.

그러니까, 우리는 우연한 계기로 만나 서로에게 잃고 싶지 않은 벗이 된 거다. 평생 남을 것 같던 몇몇 사람들은 이런저런 이유로 떠나갔고, 가볍게 인사를 나누었던 K와는 벗이 된 거다. 곁에 있는 사람이 중요하다. 남아있는 사람이 중요하다. 그리고 남을 사람들을 위해 상처 주는 인연을 끊어내고 곁을 비워두는 것도 중요하다.

미련 갖지 말고 비울 수 있는 삶이 되기를 바란다. 그리움은 과거에 속한 감정이지만 곁에 있는 사람의 응원은 현재에 귀속된다. 과거로 회귀하는 인연의 반복은 내 우둔함의 방증일 수 있다.

흐름

빈에 사는 H와도 벌써 십 년이 넘었다. 그가 윤기 나는 갈색 머리의 애인과 살기 시작했을 때, 그는 유럽 다른 도시에서 있었다. 유독 인구가 적고 바람이 찬 도시는 둘이 오손도손 살림을 꾸리기에 딱 맞았다. 모닥불을 피워 놓고 간단한 음식을 만들어 먹는 걸 좋아했고, 시간이 나면 종종 산책을 했으며, 날이 추우면 애인에게 털모자를 꼭 씌워주고는 그 모습에 웃음 지었다.

마음도 금전도 여유로웠던 가을의 어느 날, 비행기를 타고 날아가 그들 커플과 함께 광장에서 밥을 먹었다. 조용한 성격의 애인이 웃음이 참 예쁘다고 생각했다. 영국식 억양이 섞인 영어도 상당히 매력적이었다. 미술을 공부하진 않았지만, 좋아하는 만큼 소견도 있어 함께 박물관에 가면 이런저런 이야기를 해주고는 했다. 그녀가 좋았다. 한국으로 돌아오기 전

SNS 친구를 맺었고, H 없이도 종종 대화를 나누었다.

그들이 헤어졌다는 건 아주 오랜 시간이 지나서야 알았다. H가 빈으로 이직한다는 말에 그럼 M은? 같이 가는 거야? 던진 질문에 우리는 오랫동안 함께하지 않았어. 건조한 대답이 돌아왔다. M에게는 내가 알게 되었다는 사실을 말하지 않았다. 나에게 왜 말하지 않았는지에 대해서도 말하지 않았다. 나는 H가 빈으로 떠나면, M도 나와 영영 이별할 것이라는 걸 어렴풋이 느끼고 있었다. 나는 그걸 원치 않았다.

오랜만에 온 H의 연락에 빈행을 준비하며, 나는 H보다 M에 관한 생각을 더 많이 했다. 그게 무슨 이유일지 생각했는데, 아무래도 나는 그 추운 도시에 혼자 남아있는 M의 모습을 나와 동일시하고 있는 것 같다.

수없이 들락날락했지만, 나는 뉴욕 모마[6]의 한쪽 벽을 꽉 채우고 있는 클로드 모네[7]의 수련을 좋

---

[6] MoMA. Museum of Modern Arts. 뉴욕의 현대미술관.
[7] 프랑스의 인상주의 화가.

아하지 않았다. 차분하고 아련해 보이는 느낌을 가장하고, 자꾸만 차가운 파랑을 내세우는 듯한 가식이 싫었다. 분명하지 않은 꽃의 화려함도, 수수해 보여야 아름답다고 주장하는 듯한 모습도, 생의 어느 순간의 나와 닮아 있는 이파리 같기도 뿌리 같기도, 어쩌면 이끼가 제일 맞을 것 같기도 한 초록도, 슬펐다. 모네의 인상주의를 동경하는 마음은 내가 어딘가 적어 놓았던 텍스트 위에서만 가식적으로 존재하는 것이었을 뿐, 내 눈과 발은 아주 빠르게 그 벽을 지나쳤다.

그러니까 갑작스레 일정이 꼬여 비행기 표를 구할 수 없게 된 지금, 나는 그 누구보다 M을 생각하고 있다. 런던에 가고 싶어도 가지 못하는, 한 명은 백야 밑에, 한 명은 폭우 밑에 남겨진 우리 둘을 생각하고 있다. 아아, 지독한 인상주의. 지독한 색채의 일그러짐. 어쩌면 사실주의 화가들보다 세상을 더 똑바로 보고 있었을, 그들의 시선에 동정표를 던진다.

빛을 본 모네는 분명 그림자도 보았을 것이므로.

그러나 빛 또한 보지 않기로 하면 그림자를 보지 않아도 되지 않는가. 명암에 관한 생각을 그만두면 조금 더 저차원적 눈으로 그늘 없는 관점을 가지게 될 수 있지 않을까. 아등바등하지 않으며 흘러가고 싶다. 보이는 것을 구분 짓지 않으며 흐르고 싶다

안녕. 푸른 사람아.

안부 인사를 묻기에는, 우리가 만났던 꿈의 기억이 너무나 가까워서.

우리는 아주 아름다운 섬을 여행하고 있었어. 차를 빌렸고, 한적한 도로 덕에 나는 운전을 하면서도 풍경을 감상할 여유가 있었어. 밀가루처럼 곱고 뽀얀 모래사장을 덮치는 에메랄드빛 파도에 눈이 부셔 아주 오랫동안 꿈인 걸 잊고 드라이브를 즐겼네.

특이하게 작은 수풀이 우거진 곳에 차를 세우고 그 너머를 들여다보니 조그마한 물웅덩이가 있는 거야. 우리 둘이 들어가 첨벙대면 딱 맞을 정도의 크기로. 딱 그 정도의 얕음으로. 겁이 많은 나 대신 앞장선 너의 물장구에 나도 이내 들어가 한참을 나오지 않았어. 그렇게 해맑고 크게 웃어본 게 얼마 만인지. 모래가 옷속에 들어와도 개의치 않았어. 왠지 나를 간지럽히는 것 같아서 더 크게 웃었어. 살에 닿는 모래가 폭신했어. 평생 떠나고 싶지 않을 정도로 포근했어.

웃기게도 말이야, 나는 꿈에서 깬 후에 그 웅덩이와 모래를 생각하며 우리가 몸속에 지니고 있었던 나쁜 세포 덩어리에 대해 생각했다. 응. 배를 가르고 빼내어 조직 일부가 슬라이드에 넣어지고는, 이내 우리가 죽을지도 모른다고 했던 그 덩어리 말이야. 우리만의 비밀이라며, 사람들에게는 예쁜 모습만 보이자며 숨겼던 그 덩어리 말이야. 이제는 사라지고 없는, 절대로 돌아오지 않기를 바라는 그 덩어리 말이야.

이상하지. 참으로 이상해. 사실 편지를 쓰기로 결심한 건 너에게 우리가 아름다운 순간을 공유했다고 말하고 싶어서였어. 그런데 나는 또, 아픔을 이야기하고 있네. 일종의 관성이 아닐까, 생각했어. 아름다운 바다가 있음에도 자꾸만 뒤를 돌아 건너온 황무지를 보는 관성. 스톡홀름 신드롬처럼, 위험과 사랑에 빠져버리는 성질 같은 것. 앞으로 나아가야 하는데, 멈추면 몸이 쏠릴까 두려운 힘 같은.

내일 네가 바다 이야기를 들으면, 너도 같은 생각을

할까. 나보다는 훨씬 선한 사람이니, 아마 고맙다고 말할지도 모르겠어. "아름다운 이야기를 해줘서 고마워." 분명 이렇게 말할 거야.

우리 둘은 선악과를 먹은 거야. 호기심을 이기지 못하고 따먹어 버려 벌을 받은 거야. 다만 누구는 꽃이 만발한 에덴에 있다는 걸 감사했고, 누구는 수치심에 몸을 감추었을 뿐이겠지. 아, 세상을 아름다운 눈으로 본다는 건 어떤 기분일까? 어떤 기분이야?

설에 고향으로 내려가지 않는다는 M이 뱅쇼를 만들어 줬어. 충분히 끓였어야 했는데, 그러지 않았는지 쓴맛이 나서 이게 뭐냐며 인상을 찌푸렸지만, 찌푸리는 인상이 웃긴다는 듯 웃는 M의 얼굴에 나도 그만 웃고 말았어. 세상은 언제나 양면이지. 쓰기도, 달기도 해.

벌써 2024년이래. 그 말은 우리가 아픔을 나눈 지 벌써 7년째가 된다는 이야기야. 이제는 그 세포 덩어리들이 다시 돌아올까, 걱정을 좀 덜 해도 된다는 이야기야. 걱정을 덜어내는 대신, 우리 아름다운 걸 더 많이 보는 용기를 갖자. 고향에서 돌아오면, 어느 날에는 너를 태우고 훌쩍, 강릉의 바다를 보러 갈래. 에메랄드빛은 아닐 수도 있겠지만, 바다는 언제나 긍휼 넘치게 평안함을 주니까. 우리도 갑작스레 여행을 떠나도 될 만큼 열심히 살았으니까.

아름다운 시각을 갖자. 혹은 그럴 수 있게 도와줘. 혹은, 그럴 수 있는 네가 부러워. 이 세 가지 말 중에 하나를 하고 싶었어. 결국은 사랑한다는 말이고, 옆에 있어 줘서 고맙다는 얘기야.

행복하자, 푸르른 사람아. 우리의 나날들이 바다보다 아름답기를.

작가의 말

: 오만방자한 글과 그렇지 못한 글씨로부터.

　　　　글을 쓰지 않겠다고 다짐했다. 문서 작성 프로그램의 구독을 취소했고, 필사와 필기에 쓰던 펜은 구석에 던졌다. 하루에 한 번 노트북을 열 일도, 머리카락을 배배 꼬며 뱉어지지 않는 깊은 가래를 뱉어내는 쥐어짬에서 벗어나고 싶었다. 질렸다. 생각하는 게 질렸고, 쓰는 게 질렸다. 내가 좋아서 시작한 일이 부담되었고, 잘하고 싶었고, 욕심이 생겼다. 독자에 대한 책임은 내가 무어라도 된 것 같은 착각을 불러일으켰다.

　　　　잘 쓸 수 없는 사람이 잘 쓰겠다며 욕심을 내고 끄적인 글은 위선과 오만이다. 오만방자한 태도와 정신이 제대로 된 활자를 종이 위에 올려놓지 못했다. 순수한 진실보다 꾸미는 어절이 많은 내 글을 보며,

멈춰야겠다고 생각했다. 그래. 원래 가려던 길도 아니잖아. 그래. 원래 좋은 기회로 시작하게 된 일이 이렇게 커져 버린 거잖아. 부족한 그릇임을 알고 있잖아.

그래서 도망쳤다. 활자와 종이로부터 아주 멀리. 책도 읽지 않았다. 뉴스도 보지 않았다. 인터넷 동영상 플랫폼으로 웃음 나는 것들을 골라 보았고, 책상에서보다 침대에서 고양이와 더 많은 시간을 보냈다.

하지만 삶이란 것이 언제 내 맘대로 되던가. 활자와 종이에서 벗어나고 싶은 날들로 가득했지만, 삶으로 인해 어지러워진 마음은 아이러니하게도 자음과 모음이 엉켜야만 풀어지는 것이었다. 적어도 나에게는 그랬다. 그래서 또 받침이 내 손끝에 박히고, 또 나는 손톱을 물어뜯고, 하얀 모니터 위로 깜빡거리는 커서를 본다.

오래 끄는 대화에 다 녹아 버린 얼음에 식어 빠진 위스키 두 잔을 사이에 두고는, 친구에게 말했다. 나는 더 이상 쓰지 않을 거야. 이제는 내 한계에 부딪

힌 것 같아. 물끄러미 바라보며 무슨 말인지 알겠다던 친구의 뜨뜻미지근한 반응은, 내가 글 쓰는 걸 멈출 수 없다는 걸 알고 있어서였을까.

어떤 이는 각자의 삶에 과업이 있다고 했다. 과도하게 종교적이거나 철학적인 – 따라서 내가 이해하기 힘들어 주로 기피하는 – 말이 뒤통수를 때린다. 나는 그날 친구가 팔꿈치 근처에 적어준 행운의 글자를 오랫동안 지우지 않으려 애썼다. 벗어나고 싶지만, 벗어날 수 없는 것들과, 벗어날 수 있지만 벗어나지 않으려 애를 쓰며 우리는 산다. 없는 애를 만들어 쓰며 산다.

자연스럽게 지나가는 것들을 부자연스럽게 붙잡고 싶다. 좋아하는 것에 병적으로 집착하는 내 습성을 순화하여 한 문장에 녹여낸다면 이 정도가 아닐까 한다. 비 오는 날 누군가의 공간에 놓고 온 우산이 그 자리에 있기를 바랐고, 이내 말라가는 비에 젖었던 옷이 조금 더 젖어 있었으면 좋겠다는 생각도 했다. 겨울에는 추위가 그렇게 싫은데, 여름이 오니 찬 바람에 가지 말라고 말한다.

모르겠다. 역설적인 자기 고문이 가득한 일상을 바꿀 수 없다면, 그나마 그 일상을 헤쳐 나갈 수 있는 현명한 방법은 즐기는 걸지도. 뜨겁고, 끈적이게, 질척이며 순간을 사랑하고, 집착하고, 가지 말라 소리치고, 좋아한다, 사랑한다 말하며 나의 하루를 질리도록 끌어안아야 하는 걸지도

푸른 등의 사람

1판 1쇄 인쇄 2024년 7월 20일
1판 1쇄 발행 2024년 7월 20일

지은이 차재이
펴낸이 최인영

펴낸 곳 차콜
출판등록 2022년 3월 30일 제2022-000117호
전자우편 charcoalpbc@naver.com
블로그 blog.naver.com/charcoalpbc

© 차재이(최인영), 2024.
ISBN 979-11-987912-0-7 (03800)